别怕,
去恋爱吧

邓达 著

love

湖南文艺出版社 HUNAN LITERATURE AND ART PUBLISHING HOUSE 博集天卷 CS-BOOKY

目 录
Contents

上篇

Chapter 1
为什么我建议你一定
要谈一场恋爱

Chapter 2
习惯单身，容易失去
爱与被爱的能力

Chapter 3

脱单
其实没有那么难

Chapter 4

好对象，都是
吸引来的

love 别 怕 ， 去 恋 爱 吧

下
篇

Chapter 6

爱的反击
——女人不狠，地位不稳

Chapter 7

爱的疗愈
——陪你一起走出黑夜

love 别 怕， 去 恋 爱 吧

Chapter 8

爱的平衡
——我想和你走下去

结 语
遇见一个人，陪你度余生

序 章
恋爱靠“练”，勇敢向前

有人说，幸福的爱情是命中注定的，缘分没到，你怎么努力都白搭；也有人说，哪有那么多的幸福爱情，只是你没有看见他们的痛苦罢了！我说：想拥有幸福的爱情，既不能靠上帝的安排，也不能过于悲观，只要你勇于“练”爱，勇敢地把心门与家门打开，爱神便会如期降临。

十四年前，当我在福州创办“我主良缘”时，就定下了“我的良缘我做主”“握住良缘爱更鲜”的宣传语。我希望通过“我主良缘”去帮助广大单身人士提升爱与被爱的能力，帮助他们树立积极、健康的婚恋观，帮助他们在更短的时间内找到更合适的伴侣。

在日常工作中，我遇见过各色各样的单身朋友，也经常听到他们的抱怨与吐槽：“一切随缘。”“找个对象比登天都难！”“我不敢再爱了，我怕又是一场空欢喜，我怕最后仍旧分道扬镳。”我发现每个人对爱的定义、对找对象的心态与态度都是不一样的。乐观主义者认为，爱是相互吸引，得之我幸，失之我命；悲观主义者认为，爱是自讨苦吃，宁可孤独，也不愿被辜负。但不管是何种心态与状态，对大部分单身人士而言，他们都非常需要提升爱与被爱的能力。

十多年的婚恋工作经历，让我深刻地意识到"要想找个好对象"从来就不能靠什么"随缘"；大量称心如意地成功牵手案例也表明，找对象其实是一门技术活，是有方法可循的。现代社会，虽然信息越来越发达，但高效且有价值的社交圈变得越来越少，我们结交新朋友的概率也变得越来越低。如果我们在身边找不到合适的对象，就不要傻傻地等了，要主动出击。你可以去找专业的婚恋机构，专业的事情交给专业的人去做更靠谱，也更高效；你也可以参加各种与自己相匹配的聚会，或者主动找身边的朋友帮忙。总之，在找对象这件事情上，主动寻求帮助并不是一件丢人的事。"没有比寻找如意伴侣更具有价值的投资，没有比经营幸福婚姻更值得付出的事业！"你只有打开心门，走出家门，全力以赴，才会离幸福越来越近。

我常说，恋爱的"恋"，其谐音就是练习的"练"，只有在反复练习中，你才能有所成长，才能收获幸福。我很喜欢心理学家弗罗姆的一句话："爱的问题不是对象的问题，而是能力问题。"幸福，从来都不是去找一个对的人，而是拥有爱的能力，让自己成为那个对的人。只有自己变得从容、坦荡了，爱情和幸福才会如期而至。我曾亲眼看见我主良缘的很多男会员，通过我主良缘红娘老师的帮助与自我学习，由当初入会时的沉默寡言变得侃侃而谈，很多女会员由当初入会时的腼腆羞涩变得落落大方；也曾看见很多入会前软弱胆小的会员变得强大自信，自卑焦虑的会员变得勇敢坚定。这些会员之所以转变且成功牵手，除了因为有我主良缘红娘老师的悉心指导，更重要的是因为他们真正从固有的自我认知中走出来了。他们通过我主良缘婚恋课程的学习与训练，掌握了与异性沟通的技巧，也提升了自己的爱与被爱的能力，最终在我主良缘收获了自己想要的幸福。希望大家记住，好对象从来都不是等来的，而是通过自己的不断努力、不断蜕变，通过自己的主动争取与吸引而来的。

不管前方的路有多苦，多么崎岖不平，只要走的方向正确，就比站在原地更接近幸福。希望大家积极勇敢地行动起来，趁还年轻，趁还来得及，去恋爱吧，不要怕。你要相信你每一次用力去拥抱的爱情，都在完善你的人生；你也要坚信，只要自己努力，总会出现一个人，他会穿越人海与你相拥，让你感觉到爱情真好，生活真美，人间值得！

最后，我希望通过本书及我主良缘的努力，再次提醒与呼吁广大单身朋友，千万别总待在家里，梦想着天赐良缘。大家一定要勇敢地打开心扉，点亮心灯，轻松去爱；一定要积极主动地去赢取自己的缘分，主动把握自己的缘分，牢牢掌握幸福爱情的主动权。

感恩所有信任我们的人，我的新书，希望你会喜欢，也希望对你有所帮助。

谢谢！

邓 达

2021 年 10 月于深圳

上篇

Chapter 1

为什么我建议你一定
要谈一场恋爱

当有一天，你遇到了与之契合的那个
人，再狂乱的风，都会变得轻柔；再
破碎的爱，都会变得完整。只要你和
他在一起，一切都会变得刚刚好。

它虽不完美，但也没有
你想象中那么糟糕

有人这样形容，爱情看起来就像一颗鲜美的柠檬，当你满心欢喜地咬下去时，第一口尝到的是酸楚，于是你觉得爱情是酸的。可你不甘心，继续尝第二口、第三口，柠檬的香甜终于溢满口腔，于是你觉得爱情是甜的。爱情在一千个人眼中有一千种模样，不过相似的是，爱情从来都是令人向往的。每个人都做过与爱情有关的梦，或是像王子与公主那般幸福美满，或是像露丝与杰克那般刻骨铭心。但每个人也都曾畏惧爱情，万一受伤了怎么办？万一爱情不如想象中美好怎么办？

我曾受邀参加一个线下情感访谈，讨论的是关于爱情的缺陷与圆满。活动结束后，有个叫杨芸的女孩专门跑来后台问我："既然爱情有缺陷，为什么还要鼓励人们去恋爱？"这里所提到的缺陷，指的是爱情当中的那些错过、遗憾、悲伤和曲折。

杨芸是个沉浸在童话故事里的女孩，从小到大，小美人鱼的故事都对她影响颇深。小美人鱼原本是海的女儿，生活无忧无虑。可是她爱上了人类的王子，为了追求爱情，小美人鱼舍弃了自己的鱼尾，舍弃了自己美妙的声音。但失去声音的小美人鱼根本没办法向王子表达爱意，只能安静地待在王子身边，看着他与另一个女孩满脸幸福地举行婚礼。直到生命的尽头，小美人鱼变成泡沫的那一刻，王子仍不知道，这份爱有多么深沉。

杨芸觉得自己就是现实生活中的小美人鱼。读大学的时候，她暗恋话剧社的一个男生，两人经常参演各种剧本，基本上演的都是男女主角的对手戏。看过他俩表演的人，都忍不住称赞一句："这两人可真登对啊！"杨芸表面淡定，实则内心跟吃了蜜一样，轻飘飘地飞进了云端。她把男生引见给自己的室友，本来是想让室友帮自己把把关，谁知道男生和室友一拍即合，两人私底下聊美食、聊电影，很快就聊起了爱情。

室友跟杨芸坦白的时候，杨芸整个人是崩溃的，但爱情这件事哪能勉强，你要接受它美好的一面，也要接受它糟糕的一面。再说了，爱情里原本就有一种遗憾，叫作爱而不得。杨芸像小美人鱼一样，默默地退出了"王子"和"女孩"的爱情，但是姑娘家的心里难免落下阴影，对于爱情，她开始变得胆怯，听苦情歌曲，觉得唱的都是自己的故事，看悲剧电影，常常哭得一塌糊涂。她开始赞同"爱情十闻九悲"的观点，甚至认为只要不动心，就可以避免爱情里的所有伤害。

听完杨芸的故事，我推荐她去看了迪士尼版的《小美人鱼》。不同于安徒生童话里的悲剧收尾，在这个版本里面，小美人鱼勇敢地冲出了海底世界，战胜了魔咒，最终追寻到了自己想要的感情。我告诉杨芸，你在爱情里留下的遗憾，一定会有人用另一种方式为你弥补。写故事的人不同，故事的结局也会不同。可能你在故事的某个版本里，体会不到爱情的美妙，而在另一个版本里，爱情会让你得到治愈。

很多人谈感情的时候，习惯了一根筋，只要爱情出现了一点点缺陷，就会无限地放大。遇到一个渣男，就以为全天下的男人都是渣男；体会一次心碎，就将所有的爱情都打上"不可救药"的标签。其实不是爱情伤人，而是遇到的人不合适而已。

　　我曾接触过一位客户，五年前，她为情所伤，认定世间没有真爱，无论周围人怎么给她介绍对象，她就是不为所动。直到我们见面，我给她分享了许多幸福恋爱的案例，她才将信将疑地敞开心扉。其实恋爱有很多种，如果你只盯着恋爱当中不好的一面，那么你将错过恋爱当中美好的部分，就好比你站在桥上看云，觉得云是风景，却不知道桥下有人在看你，觉得你是风景。后来，这位客户参加了我们的恋爱活动，在一次次的交流与接触中，她与一个湖北的男人坠入了爱河，彼时的她终于明了，人人惧怕爱情当中的恶，殊不知，只有错误的人才会给你带来恶，真诚的人只会让你更加坚定地相信爱情。

　　我常常觉得，爱情就像是一场寻觅，有些人比较幸运，一下子就确定了携手一生的那个人，而有些人的爱情之路比较曲折，需要辗转过几座山、几条河，才能遇见今生所爱。孙中山 49 岁时才如愿娶到了宋庆龄，荷西等了六年才与三毛相爱，在此之前，他们都经历过爱情的曲折，但之所以再次相信爱情，是因为爱情带给一个人的甜蜜，始终超过了苦涩的那部分。那些对方带给你的爱、温柔和感动，足以抹去你从前在爱情里受到的小小创伤。

　　爱情虽然不完美，但也没有你想象中那么糟糕。当有一天，你遇到了与之契合的那个人，再狂乱的风，都会变得轻柔；再破碎的爱，都会变得完整。只要你和他在一起，一切都会变得刚刚好。

谈恋爱能让你快速成长，遇见更好的自己

生活中总有那么一群人，谈爱色变，你建议他去谈一场恋爱，他能滔滔不绝地跟你讲出一百种恋爱的缺点，就好像恋爱是世界上最恐怖的事。实际上，人都是利益动物，是懂得趋利避害的。如果恋爱只有害处的话，为什么还有那么多人前赴后继地想要恋爱呢？这说明在某种程度上，恋爱一定是美好的，它或给人带去了精神上的快乐，或给人带去了物质上的充裕，再或是，它让你成了一个更好的人。

2010 年，泰国有一部关于恋爱的电影《初恋这件小事》，一经上映就迅速火遍了亚洲市场。剧情讲述的是一个其貌不扬的女生，爱上了学校里最优秀的男孩子。一开始因为自卑，女生不敢表露自己的心意，只敢在不经意间偷瞄男孩子一眼。为了能让渺小的自己配得上对方，女生做出了很多努力，她拼命念书，变得漂亮，终于在毕业之前成为学校里的风云人物，也因此受到了男孩子的青睐。可是学生时期的两人，总是因为各种各样的原因而错过。直到九年后在一档节目中重逢，女孩问男孩："你结婚了吗？"男孩说："没有，我一直在等你回来。"

这份爱情虽然迟到了九年，但是当女孩和男孩再次面对彼此的时候，一位是优秀的设计师，一位是优秀的摄影师，两人都因为这份爱情

成了更好的自己。我想，这部电影之所以大火，是因为许多女孩都在这部电影里看到了曾经的自己，在她们渺小如尘的时候，都曾爱上过一个闪闪发光的人。那时候的爱情，只能抬起头来仰望；那时候的爱情，容易让一个人变得自卑。于是她们躲在喜欢的人背后，不断地完善自己。不够聪明，那就多读书，不够漂亮，那就多护肤，直到自己有底气站在喜欢的人面前，坚定又自信地问出那一句："你可以和我交往吗？"

有人恐惧恋爱的原因，无非是害怕对方太优秀，而自己太过平庸。可是这种爱情中的自卑，从某种意义上来说是积极的，它能让你正视自己的不足，并努力一点点去修正、去克服。你有没有发现，在遇见令人心动的爱情之前，许多人都不知道自己要成为一个什么样的人，生活中也奉行着"顺其自然"的想法？直到某一天，你发现自己爱上了夜空中的一颗星星，于是你想成为一轮月亮，常伴于他身边；再或是，你发现自己爱上了一滴雨水，于是你想成为一片海洋，包容他的一切。爱情的魅力在于，遇见你之前，我不是最好的，但我们都愿意为了彼此变得更好。爱会成为你的动力，推着你往更好的方向走去。

还有人恐惧恋爱的原因，无非是害怕爱会消失，而自己无力承受。确实，爱意消散这个结果对很多人来说，无疑是个不小的冲击，比如我那年纪不大的侄女，第一次失恋的时候，她把自己关在房间里哭得死去活来，一边咒骂男人都是薄情汉，一边发誓自己再也不谈恋爱了。这段恋情给她带去的后遗症，她用了整整半年才恢复过来。

等到第二次恋爱的时候，侄女已经能够轻车熟路地应对爱情当中的负面情绪了。她开始接受一段感情的诞生与消亡，也开始明白，相爱的意义，不是彼此纠缠到老，而是我们因为一段感情，学会了保护自己、爱惜自己，然后在未来的某一天，当遇到那个对的人，不至于把优秀的自己消耗殆尽。

我很赞同的一个观点是：一个人如果想要快速成长，最好的办法就是去谈一段恋爱。不管是苦涩的，还是甜蜜的，只有经历过了，才能坦然面对爱情中的一切。当你想爱的时候，就勇敢去爱，不要害怕失去爱情。你要知道，即使失去了，你也在这段感情中得到了成长。一位女演员在接受采访的时候，说过这么一段话："我的前前任和前任都很棒，他们一个教我做温柔的女人，一个教我做成熟的大人。"

爱情就是一趟长途旅行，其间你会遇见各种各样的人。有些人相爱一场，是为了陪你，拉着你一起走向更好的未来；而有些人相爱一场，是为了度你，教会你成为一个更好的大人。经历过爱，才能学会更好地去爱，愿大家都能在爱情中遇见更好的自己。

给自己一点信心，
趁年轻，勇敢去爱

亲身经历，才算成长

面对爱情，有人胆怯，有人勇敢。有人把喜欢比作月光，只敢在无人的时候，探出头去；有人无所畏惧，早已在月光下翩翩起舞，拦腰抱住心爱的人。爱情，仅是仰望或憧憬是不够的，一定要亲身经历，才能成长。

很多人年轻的时候不敢恋爱，因为听过太多爱情失败的案例。就像微博上的明星分手，底下总有一大群人哀号："再也不相信爱情了。"实际上，这群人里面有很大一部分根本就没谈过恋爱。他们对爱情的理解，全部来自"别人的嘴里"。蔓蔓就是这样一个姑娘，她从小接受父母的教育"不能早恋"。成年之后，又听朋友的话"没事别吃爱情的苦"。到了婚嫁的年龄，依旧有许多"过来人"跟蔓蔓说着各种各样的建议。爱情是什么样子的，什么样的人适合她，蔓蔓从不知道，只知道周围的人怎么说，自己顺从就好了。

蔓蔓虽没谈过恋爱，但早早步入了婚姻。她的结婚对象是爸妈选的，工作稳定，性格沉稳，爸妈说这样的男人才适合过日子。蔓蔓说不上来婚后的生活是好是坏，只知道自己跟老公在一起的时候，从未体会过触电般的心动。两人在一起，更像是搭伙过日子，每次走在街上，蔓蔓想要跟老公牵手，老公都说："都老夫老妻了，不要这么肉麻。"再看看旁边经过的热恋情侣，男生宠溺地搂着女生，两人笑得一脸灿烂，蔓蔓想，也许这才是爱情应有的样子吧。

后来蔓蔓在办理业务时遇到一个比她小一岁的男生，那个男生对蔓蔓一见钟情，开始追求蔓蔓，又是送花，又是陪着到处玩。蔓蔓哪见过这样猛烈的爱情攻势，很快就沦陷了。家人知道这件事后，都劝蔓蔓赶紧和那个男生做个了断，可一向听话的蔓蔓这次却叛逆了。蔓蔓对爸妈歇斯底里地吼道："我一直都听你们的话，可是现在我才发现自己前半辈子白活了，和他在一起我才知道什么是爱情，什么是心动。我不想再回到那个没有爱情的家里，和一个不爱的人凑合了，这一次我一定要为自己而活！"

接着，蔓蔓不顾所有人的反对和劝阻，快速地和老公离了婚，还跟着那个男生去了外地。直到半年后，蔓蔓才失魂落魄地回来，此时的她已经和那个男生分手。原来那个男生就是一个工作不稳定、不求上进的人，当初通过各种套路骗到蔓蔓，仅仅半年的时间，就哄蔓蔓为他花光了积蓄，还出轨了。失恋后的蔓蔓才明白，之前自己以为的爱情就像泡沫，是不现实的。而自己想要的爱情，应该是和前夫那样的，两个人过着朴实平静的日子。

蔓蔓的故事虽然有点极端，却是一个女生没有经历过爱情的典型案例。我遇到过很多这样"不知道爱是什么"的女孩，她们常常会在做出选择后后悔，为什么自己没有好好爱过？为什么自己分不清什么样的人适合自己？

每个人一定要去爱一次，哪怕最后遍体鳞伤也无所谓。爱情只有经历过、对比过，才会成长，才知道什么是好，什么是坏，什么样的人值得爱，什么样的生活是自己想要的。

趁年轻，勇敢去爱

为什么我鼓励大家年轻的时候勇敢恋爱？

因为年轻的时候，试错成本低，有大把的时间可以挥霍，就算错了，依旧可以拍拍身上的灰尘，重新做出选择。而年纪渐长，当你有了家庭，再想弥补爱情的遗憾，这时候试错成本就高了，风险也不可控，只要走错一步，就会落得满盘皆输的结局。所以，与其等到没有机会的时候苦苦遗憾，不如在年轻的时候去体会爱情的各种滋味。不要害怕会被爱情伤害，梅森说："所有事情的意义都在它发生的那一瞬间，当你爱一个人的时候就应该说出来，不要等。"

谈恋爱就跟我们去饭店吃饭一样，菜单上有一道菜你很想吃，可是它很贵，你犹豫着最后没点，就会一直惦记，哪怕服务员后面给你上了一桌子美味的菜肴，你依旧会想尝尝那道最贵的菜是什么味道。相反，如果当初你咬咬牙点了那道菜，吃完后发现它的味道一般，就会瞬间放下。即使服务员再怎么向你天花乱坠地推荐那道菜，你也不会轻易动摇。因为比起贵，你更在意的是它合不合口味，还有性价比到底值不值得。

菜要吃过了才知道好不好吃，人要爱过了才知道适不适合。什么样的年纪，就去经历什么样的年纪应该经历的事。在如花似玉的年纪，就别整天自称"佛系"中年人了，连恋爱都没谈过的人，结了婚也只是凑合一生。每一个从青春中走过来的人，都应该有一场说走就走的旅行，一段轰轰烈烈的爱情，因为这是我们的成年礼。趁年轻，勇敢去爱，爱了婚了，才叫人生。

爱情不是终点，
陪伴才是归宿

　　《朗读者》里有一段话："陪伴很温暖，它意味着这个世界上有人愿意把最美好的东西给你，那就是时间。"时间是多么弥足珍贵的东西，有人把嘴给了你，但是把心藏着；有人把礼物给了你，但是把陪伴丢了。

　　生活中，有太多人在微信上对你嘘寒问暖，但当你让他抽出时间来陪你时，他要么说自己在忙，要么就找借口推到下次；还有人嘴上说着爱你，愿意为你付出一切，但当你需要他的时候，他总是碰巧不在。相比于在爱情中付出陪伴，很多人的爱只停留在"表达"的层面。这是因为人们在用嘴说的时候，是不需要付出任何爱情成本的，所以失去了也不会感到可惜。但是陪伴不一样，它需要你付出时间、精力和耐心，除非对方想要跟你共度余生，否则没几个人真的愿意在你身上押上全部的成本。

　　陈羽刚工作的时候谈了一个对象，对方能说会道，常常把陈羽哄得心里跟吃了蜜一样。不过因为对方工作比较忙，两人的感情基本上只能靠互发微信消息维持。一开始，陈羽非常满意两人之间的相处模式，她发的每一条消息，都能被对方回应；她讲的每一句抱怨，都能被对方安慰。可日子久了，对方回消息的速度变慢了，安慰她的次数变少了。陈羽打电话闹脾气，每次都把"分手"挂在嘴上，但只要对方稍微讲几句好话，陈羽就会把心里的不安和委屈收回去。

有一次陈羽和同事聊天，同事拿她开玩笑说："你是不是找了个机器人男朋友啊？只会打字，从不现身。"闻言，陈羽只能苦笑，也就是在那一刻，陈羽突然发现自己这一年多的恋爱，几乎只存在于微信中。别人下班之后，有男朋友陪着吃饭；别人生病的时候，有男朋友赶来送药。而自己的男朋友，永远都是在微信上说："宝贝你自己先解决一下，我这段时间有点忙。"

陈羽开始怀疑，这真的是爱情吗？如果两个人谈恋爱的时候，跟一个人生活的时候差别并不大，那么恋爱的意义是什么？是为了微信里多一个聊天好友吗？还是为了找一个真人版的 Siri（人工智能助理软件）？

过去许多人以为，恋爱只需要用语言去表达。不可否认，学会语言的表达很重要，但随着年纪的增长和爱情观念的成熟，我们发现，恋爱远不只用嘴说那么简单。两个人相爱的意义，不仅仅是为了贪图多巴胺带来的快乐，更是为了在漫长又茫然的人生中，成为彼此坚定的力量。

感情中，有人陪伴和无人陪伴，两者带来的心理效应是完全不同的。美国加利福利亚大学曾经做过一个女性电击测试，他们把参与测试的女性分为两组，一组单独接受电击，一组则是在男朋友的陪伴下接受电击。测试结果反映，单独接受电击的女性，大脑中出现了非常多的恐惧电波；那些在电击过程中有男朋友拉着手的女性，恐惧电波则少了许多。

这和走夜路是一个原理，当你一个人走在四下无人的街上时，即使周围非常安全，你也难免会胡思乱想，甚至脑补出各种被害的画面；可如果有人陪在你身边，即使周围危机四伏，你的每一步也会走得踏实一些。

可见，在恋爱的过程中，陪伴往往能给人带去心安的力量，就像从高空下坠的泡沫，突然被一朵云温柔地接住。当你知道有人常伴左右的时候，面对未知环境的勇气就会噌噌涌上来。

如果你问我，爱情的终点是什么？我会告诉你，爱情的终点，不是甜言蜜语，不是无数承诺，而是日复一日的陪伴与照顾。

豆瓣有一部评分高达 9.3 分的纪录片叫《亲爱的，不要跨过那条江》，无数人看完之后感动落泪。影片记录的是一对结婚七十多年的老夫妻的日常。两人在十几岁的时候相遇，从此生命中的每一天都是在彼此的陪伴下度过的。他们的爱情很普通，但又很温暖。奶奶上厕所怕黑，爷爷就守在门口给奶奶唱歌；爷爷年纪大了，咳嗽加剧，奶奶就整晚整晚地照顾他。他们走过了战乱的年代，经受了生命的考验，直到时光的尽头，爷爷临近去世，奶奶还躺在爷爷身边念叨着："我和爷爷能这样一起走该多好，和爷爷互相搀扶，一起翻山越岭到桥的那边该多好。"

少年时期，我们觉得爱情应该是各种口味的饮料，每天都有不同的刺激和惊喜。可是两个人在一起久了，爱情就变成了一杯白开水，它不再需要你往里面添加各种调味料，你爱它，是因为它本来的味道，是因为它从不曾缺席你生活中的每一天。

爱情到了最后，时间就是最深情的见证者，它没有什么复杂的表达，因为所有关于爱的告白，都藏在每天的悉心陪伴中。说爱你的人，不一定会一辈子陪伴你，但是一辈子陪伴你的人，一定很爱你。那个愿意把他的一生交付给你，从青春岁月走到白发迟暮，在柴米油盐的日子里始终陪伴你的人，注定会是你一生所依的港湾。如果你有幸遇见了爱情，记住，陪伴才是最深情的告白。

当然，你的每一种选择，
都没有错

看过一个统计，2019 年，我国独居成年人口超过 7700 万，并且这个数字还在持续增加。在这些独居人口中，有一部分是从未谈过恋爱的，还有一部分是经历了一段失败的恋爱后，重新回到单身状态的。越来越多的成年人选择单身，理由无非两点：一是遇不到合适的人，宁愿孤独，也不愿将就；二是"搭伙过日子"的恋爱模式降低了他们对下一段恋爱的渴望。

曾经有位叫梁灿的女性给我发邮件，她调侃自己是"黄金剩女"，如今 30 岁了，依旧单身。稍微年轻一点的时候，梁灿认为爱情是一件随时可以发生的事情，可是随着恋爱经验的积累，梁灿发现爱情也要讲究契合与否。比如有段时间，梁灿面对亲朋好友的"问候"和"关心"，感到特别孤独，晚上躺在床上听歌，翻来覆去地睡不着，总想找个人聊聊天，尤其是看到朋友圈里的情侣秀恩爱的时候，一种羡慕和动摇的情绪缓缓涌上心头。她总在想，是不是自己也该找个人谈恋爱了？为了减轻心里的孤独感，梁灿尝试跟自己的追求者建立亲密的关系。可是很快，梁灿就感到了后悔。因为她发现，由孤独带来的恋爱冲动，来得快，去得也快。

一般来说，冲动下带来的关系都是不牢固的。女孩们要记住，如果你爱一个人，一定是因为他在某个方面给了你特别的吸引，或是因为他在某个瞬间给了你特别的感觉。但是，如果你爱一个人，不是建立在"喜欢"的基础上，而是只想找个人缓解心中的孤独，抱着这样潦草而又随意的态度去恋爱，那么这段感情很有可能因为基础不足而早早坍塌。

写到这里，我想要说说，为什么现在许多人反对因孤独而恋爱，答案很简单。因为有时候，对方明明就不是你中意的类型，但是在孤独感的刺激之下，你很有可能会失去理性，从而做出错误的选择，并且获得一段体验不佳的恋爱。

对梁灿而言，一个人的孤独，可能只是那种一个人逛街没有人陪，一个人回家没有人等的孤独。但是两个人的孤独是什么呢？是那种两个人面对面都不知道说什么的孤独，是那种两个人睡在一起都梦不到一块的孤独，更是那种明明不爱了却还要拖着对方的孤独。

莎士比亚说过："对一个耽于孤寂的人来说，伴侣并不是一种安慰。爱情与孤独之间，存在着非常微妙的关系。有人因为害怕孤独而选择爱情，却想不到在爱情中越来越感到孤独，最后，爱情形同虚设。"

过去，老一辈的人总爱催着小辈快点谈恋爱，因为在他们的感情观念中，谈恋爱的概率会随着年龄的增长而慢慢变低，即你的年龄越大，越难遇到优秀的对象，所以宁可出手错，也不要出手晚。可是这样做造成的后果是什么呢？有许多人在一起的初衷，可能并不是因为爱，而是因为年纪大了需要去完成"谈恋爱"这项任务，他们之间是没有所谓"爱"的感觉的，这也就是人们经常说的"搭伙过日子"式的感情。这样的感情，容易让人们对爱情产生误解，认为爱情本身就是一件不尽如人意的事。实际上，不是爱情不尽如人意，而是你对待爱情的态度不尽如人意。

　　要我说，过去与现在最大的区别，是过去的人们把恋爱当作一种生活保障，即两个人选择彼此的出发点，是出于对以后生活的考虑。而现在呢？随着男女教育水平的提高和思想观念的成熟，人们在恋爱关系上更倾向于"精准化择偶"，他们不愿意把时间浪费在那些相处下来觉得不合适的人身上。并且现在的成年人有足够的能力去支撑自己过好一个人的生活，恋爱对他们而言，只是一种需求，但不是唯一的需求，所以有些优质男女到了三四十岁，依旧不慌不忙地保持着单身状态。

　　在我看来，谈不谈恋爱这个问题，从来都不是一道单选题，每一个人都有选择爱与不爱的权利，单身也不是一种错误的选择。至于说什么时候选择结束单身，那一定是当你发现两个人在一起，比一个人生活更开心的时候；一定是当你从对方身上感受到很多很多的爱意，体会到爱情的美妙的时候；也一定是当你从对方身上获得了巨大的动力，坚定地想要与他共度余生的时候。那一刻，你就可以放心地结束自己的单身状态，去迎接恋爱，去享受恋爱了！

Chapter 2

习惯单身，容易失去
爱与被爱的能力

当感觉降临的时候，别想太多，两个
人的智慧远比一个人的强大许多。如
果爱情喜欢跟你开玩笑，大不了一起
恋爱到 80 岁！

单身久了，
习惯什么都靠自己

恋爱仿佛拥有一种魔力，它让两个人像磁铁一样牢牢吸在一起。可未曾踏足恋爱的男女，单身对他们而言仿佛也拥有一种魔力，它让一个人爱上与自己相处的时间。久而久之，单身的人们构筑起了自己的小世界，在这个世界里，他们既不想让他人踏足进来，也不想让自己轻易走出去。

在豆瓣评分为 9.0 分的日剧《不能结婚的男人》中，男主桑野信介是一名建筑师，他性格孤僻执拗，将单身至上奉为自己的人生信条。桑野信介喜欢独居在家，吃火锅、看电影……一直独来独往。有意思的是，桑野信介的生活方式引来一众单身人士的共鸣，他们在豆瓣底下附上清一色的"单身万岁"的评论。由此可见，单身已经成了年轻人最"安全"的选择之一。因为单身的人享受着两个人没有的自由与快乐，他们拥有大把的时间去做自己想做的事，吃什么，穿什么，买什么，都可以按照自己的喜好、意愿去行事。他们可以随时来一场说走就走的旅行，根本不用顾及他人的感受。

从表面来看，单身的人似乎已经强大到了不再需要爱情的地步，而事实是：无论你多么善于伪装，对爱情都会有一种本能的渴望。正如杨绛所说："风一辈子不能平静，和人的感情一样。"单身的人走到最后，不是陷入对爱情的最终幻想，就是走在寻找爱情的路上。

29 岁的茉莉是一位条件优异的外企高管。她领着可观的工资，品位在线，工作上雷厉风行，生活中英姿飒爽，是标准的当代都市女精英。在外人眼里，像茉莉这样的女强人，自然是什么事都难不倒她，然而事实绝非如此，在某些独身的时刻，茉莉也会像一个小女孩一样，渴望"救兵"从天而降，能够三下五除二地为她排解生活中的难题。

单身的人，一定都和茉莉一样经历过这样的困扰：看电影的时候，某个爆笑的片段激起了你的分享欲，但打开手机，手指在好友界面足足停留了十分钟也不知道该分享给谁；吃火锅的时候，你突然间肚子痛想去一趟厕所，回来的时候却发现桌上的碗筷早已被服务员收走；更有在无数个浪漫的节日里，连垃圾桶里都有鲜花盛开，而你的手中却空空如也。

于是，曾经以为自己一个人也可以很好的想法瞬间破防。这让我想起一位妈妈对女儿说的话："在漫长辽阔的人生中，你当然可以选择一个人生活，但是当你看到家家户户有灯光亮起，有饭香溢出，你能忍住不要羡慕就好。"其实单身的人，不是习惯了什么都靠自己，而是除了依靠自己，他们没有其他可以依靠的对象。

茉莉当然也渴望爱情，但单身给她带来的惯性是，她害怕有人突然之间出现会搅乱她的生活。本质上也是因为，茉莉根本就没有做好跟一个人长期相处的准备。对单身人士来说，令人感到舒适的，是对自由和时间的掌控。这时候，如果你的生命中多出了一个人，他要共享你的自由和时间，打破你之前的生活方式和习惯，这样的改变往往会让人感到不知所措。

可人生就是这样，无论改变哪种"习惯"，都一定要经历痛苦的过程，而我们终将在这种痛苦而努力适应的节奏中遇到更好的生活。感情也一样，单身很好，可是拥抱爱情，也会让我们变得很好。

日本导演是枝裕和曾收到一位老师寄来的信，信中夹着一段这样的诗："所谓生命，仅靠自身无法被完整创造出来……生命自有缺陷，需要他人来填满。"

人都有弱点、有软肋、有缺憾、有期许，而很多美好往往发生在相互的关系中。相遇、陪伴、双向奔赴，都是值得感恩并且会让人发自内心感受到幸福的事情。无论你因何单身，请时刻正视自己的内心，承认自己对爱情的憧憬，并相信它的存在。

习惯单身的你不必时刻紧绷，放松一点，学会求助，接受别人的好意。一个人成长的旅途，固然会让人收获很大，但是两个人成长的旅途，未必就会让人停滞不前，你一定会从对方身上学到些什么，这些细微的感受同样会让你变得更好。不要给自己的人生设限，认为"我很好，不需要依靠任何人"。实际上，人的想法随时随地都在发生变化，生命中该发生的事，就让它顺其自然地发生。就像饿了要吃饭、头发脏了要洗、工作没完成就要做一样，就像在某个时间点你一定要做某件事一样自然。当你觉得想恋爱时，不要抵抗，遵从内心，去接受它。

我希望每个姑娘单身时都能活出恣意潇洒的状态，直到最后爱上他的那一刻，也能勇敢地去开启人生的新旅程。

单身久了，
容易失去爱的能力

单身久了，爱情的顾虑就多了

在电影《暮光之城》里，爱德华对贝拉说："你的气味，对我来说就像毒品一样，你是让我上瘾的海洛因。"爱情的魔力，像酒精的香气，让人奋不顾身地追随；也像肖邦的乐曲，让人闭上眼睛还在留恋。所以你会发现，有些人一旦恋爱，几乎就没停过，他们习惯了爱与被爱的感觉，根本就不会让自己的感情留下空白期。而有意思的是，在感情的世界里，总是"旱的旱死，涝的涝死"，这里有一群人正享受着爱情的美妙，那里却有一群人因为单身太久，正在怀疑自己是不是失去了爱的能力。

肖薇是我的同事，单身三年，一直渴望爱情。上周的一次户外活动，她认识了一个男生，虽然接触时间短，但肖薇发现自己对对方很有好感。男生高大帅气，是做人工智能领域研究的，头脑灵活，写得一手好字，画得一手好画。他和肖薇心中的男神简直一模一样，相比男生碾压式的优势，肖薇的一切都卑微到尘埃里。

肖薇说，他那么优秀，要是自己再年轻5岁，肯定就扑上去了。可是28岁的她，却没有了勇气。我和她说："你就是太自卑了，其实你也不错，为什么不能自信点去试试呢？"她摇摇头，无奈地笑了，解释自己不是因为不自信，而是太清楚自己几斤几两，所以才迟迟不敢行动。肖薇觉得自己出身一般，学历一般，长相一般，身上几乎没有一处优点可以拿出来和男生相提并论，早些时候，她还向往过"霸道总裁爱上我"的爱情，但到了现在这个年龄，她已经不敢轻易去爱，害怕消磨时间，更害怕没有结果。

我发现有许多和肖薇一样的女孩，随着年纪的增长，正在变得"不会恋爱"。倒不是因为她们单身久了失去了爱的能力，而是她们越来越清楚自己有什么，越来越知道自己缺什么。像肖薇，她觉得 28 岁的自己，缺的是一份安稳的爱情，所以她断然不敢冒险去投入一份未知的爱情，她太知道自己的硬件条件如何，所以她想找一个各方面条件都跟自己差不多的人，这样才是所谓"势均力敌"。

关于肖薇的故事，我曾讲给正在读大学的侄女听。显然，侄女不太能理解肖薇的顾虑，她说："就算是一个条件一般的男人，也会有恋爱不稳定的风险，所以没试过，怎么知道安不安稳？还有势均力敌的爱情，并不一定是天生的条件相似，也可以通过后天的努力达到两个人之间的实力平衡。"你看，有时候长者的爱情问题放到年轻人眼里，根本就不算什么问题。本质上是因为长者习惯瞻前顾后，而年轻人习惯愈爱愈勇。

年轻的时候，女孩喜欢男孩很简单，因为他会打篮球，他学习好，或者他长得帅。男孩喜欢女孩也很简单，因为她唱歌好听，她性格开朗，她扎马尾的时候格外干净……那个时候大家觉得爱情是至高无上的，为了爱情可以义无反顾，勇往直前。可等年龄稍微大点，经历了一些事，渐渐懂得生活的酸甜苦辣后，面对感情反而变得犹豫起来，大家会衡量对方是否与自己匹配，会考虑对方是否适合过一辈子。但是人啊，一旦想得多了，恋爱这件事就会变得沉重起来，于是很多人感觉自己好像已经不会恋爱了。

别想太多，一起恋爱到 80 岁

之前有一个观点很流行：所有以结婚为目的的谈恋爱都是功利的。谈恋爱谈到一定阶段，顺其自然地结婚，才是对爱情最大的尊重。我深以为然。爱情就是找一个彼此相爱的人，两个人舒适地生活在一起，如果想换一种模式相爱，那么便结婚；如果过够了二人世界，那么便生一个孩子。恋爱结婚生子，其实就是这样一件水到渠成的事。

可惜太多人把爱情变成了权衡利弊后的选择，把婚姻变成了计算得失后的协议。太多的人自以为负责，在找对象的时候与对方谈金钱、谈三观、谈家庭，却唯独不谈爱情。他们觉得自己找了一个和自己匹配的对象，可到头来没有爱，依旧过得不幸福。

相比之下，我发现那些谈恋爱谈爽了而后主动结婚的人，会更愿意对家庭投入时间和精力；而那些没有爱情、被迫结婚的人，对家庭的责任感会大打折扣。原因很简单：爱才是家庭生活幸福的核心。

《粉红女郎》中的结婚狂角色大家都不陌生吧，她曾在爱情面前一次又一次地碰壁。每次当她满心欢喜地憧憬与对方结婚的时候，都会发现对方有着各种各样的小心思，但这丝毫没有影响结婚狂对爱情的热情，她依旧在遇见喜欢的人的时候，大胆去爱。直到真爱降临，结婚狂终于收获了自己的幸福。

爱情也许会迟到，但一定不会缺席，有时候我们就是缺少一点为爱奋不顾身的勇气。当感觉降临的时候，别想太多，两个人的智慧远比一个人的强大许多。如果爱情喜欢跟你开玩笑，大不了一起恋爱到80 岁！

单身久了，
会陷入焦虑，变得自卑

　　古往今来，社会对于女性，特别是大龄单身女性追求爱情的态度似乎并不是特别友好。对于那些二十八九岁或者三十二三岁的女性，人们更愿意统称这群人为"大龄剩女"。有意思的是，对那些同年龄的男性来说，他们的代名词却变成了"黄金单身汉"。仅从对男女单身状况的描述上来看，社会对大龄单身女性的包容度并不高。

　　生活中，很多大龄单身女性都面临着巨大的压力，而这些压力更多来源于自己身边最亲近的人，特别是父母。很多父母对于孩子单身这件事非常焦虑，有些甚至由焦虑转变成了抑郁，他们时常挂在嘴边的话是：

　　"你都一把年纪了，还想找个什么样的？"

　　"年纪越大越没市场，找个差不多的就行了。"

　　"事业做得再好有什么用？没成家就谈不上成功。"

　　这类父母可能都没有意识到，他们正在向孩子传递非常负面的信息："你不够优秀，你是无能且失败的。"父母总是喜欢用他们的方式来关心子女，可这恰恰起到了反作用。

　　那些自我认同感不是那么强的人，就很容易受到家人情绪的影响，她们开始否定自己、怀疑自己，然后陷入比身边人更大的焦虑中。最后为了寻求认同感，她们会匆忙地进入相亲环节，但相处后又因为对方达不到自己的标准，再次陷入选择焦虑，最终导致自己始终处于"单身—焦虑—恋爱无感—更焦虑—相亲—没感觉—自卑—单身"的死循环。

除了家人带来的焦虑外，长期单身的女性，她们自身的焦虑感也会随着年龄的增长而逐渐增强。你听过打烊效应吗？就是随着夜晚的降临，酒吧即将打烊，而对那些在酒吧里寻求伴侣的人来说，如果再不选择一位中意的伴侣，酒吧就要关门了。由于时间愈来愈紧，那些在酒吧寻求伴侣的人，更容易对后来进入酒吧的异性产生好感。

曾经有一位咨询者王小姐，结婚那年她已经 36 岁了。因为家庭条件好，人长得又漂亮，所以在二十五六岁的时候，她的择偶条件是非常苛刻的，希望对方有钱、有权、有颜、有品。虽说王小姐平时很注重保养，可她到了三十一二岁的时候，发现自己不管用多好的化妆品，还是挡不住岁月在脸上留下的痕迹，她的皮肤开始变得松弛，颈纹、眼角纹也悄悄地长了出来。

王小姐看着别人幸福甜蜜，可自己不仅没找到心仪的对象，容颜也在渐渐衰老，这时候"打烊效应"便在王小姐心里产生了。最后王小姐和一个曾经追求自己，但当时没被她列入考虑范围的男人结婚了。

通过王小姐的案例你会明白，为什么身边很多条件优秀、年龄偏大的女生，都找了不如自己的男性伴侣。因为她们的择偶时间就快"打烊"了，所以她们必须在自己完全丧失竞争力的时候，迅速找到一个目前可以和自己匹配的伴侣。

很多人在找对象这件事上，无论是外部因素还是内部因素，都会让其或多或少地产生焦虑。但与此同时，我们也要学着去化解焦虑，因为焦虑本身是解决不了任何问题的。恋爱是件美好的事，但能够找到一个相伴一生的人并不容易。在寻爱的路上，我们可以将焦虑变为动力，努力去提高遇见美好的概率，这才是最应该做的事。

那些长期单身且年龄偏大的女性，随着年龄增加，不但会变得焦虑，而且自卑感会愈来愈强。

自卑从认知行为上可以理解为，自我效能感很低。换句话说，就是你做什么事情对结果预期都不是很好。很多人因为家庭、性格和外在条件等，自己在情感中没有太多经验，或者在仅有的一两段情感中，也是磕磕绊绊，最后都以失败告终，让自己在感情上充满挫败感，恐慌自己无法处理好两个人的关系，以及忌惮爱情会辜负自己对当初美好情感的幻想。即使他们遇到很喜欢的对象，也会因为缺乏安全感和自信心，不敢主动靠近对方，甚至在对方主动示好、追求的情况下，统一采用回避的方式处理。

如果长期自卑又看不到出路，早晚有一天你会被自卑压垮，面对想要的爱情，你会不自觉地想逃离，想放手。这个时候你要做的就是，不再拿放大镜看自己身上的缺点，而是尝试发掘自己身上"值得被爱"的证据。你要相信，每个人都有自己的光芒，只有当你学会欣赏自己、爱自己的时候，别人才会爱你，慢慢地，你在两性关系中的自卑感才能得到缓解。

长期单身并不是你的错，只是没有在正确的时间遇到合适的人而已。你可以选择主动单身，但千万不要被动单身，因为爱情这件事是需要双向奔赴的。走出舒适圈，去看看沿途的风景、听听别人的故事。如果你连这点都做不到，就不要去羡慕别人。你遇到的问题，别人也遇到过，只是别人勇敢尝试并解决了，最后拥有了幸福，而你始终在回避。余生很短，别留遗憾，总有一个人会出现在你人生的爱情篇章里。

明明条件不差，
为什么还在母胎单身

　　母胎单身，指从出生开始一直保持单身，没谈过恋爱。你会发现身边很多条件优秀的女孩子，都属于母胎单身群体。她们不是不够优秀，也不是没有异性缘。其实原因很简单，她们不是太挑，就是太宅。太挑的人，往往有这样一个特点，她们习惯了一个人生活，对爱情的态度看似随意，实际上暗藏玄机，高深莫测。

　　拿我接触过的一个案例来说，樊帆今年 28 岁，没谈过恋爱。当我们问起她的择偶标准的时候，樊帆只说了一个词，那就是"有感觉"。你有没有发现，"有感觉"这个词，在相亲界里，就仿佛是个神学，说起来标准算不上高，毕竟谈恋爱没感觉的话还怎么继续往下走？可感觉的标准是什么？没有具体的量化，好坏也全凭当事人的一句话。

　　就这样，我们给樊帆推荐了很多男生，但樊帆总以没感觉为由，还没接触就否定了。最后，樊帆还抱怨："我的要求也不高，怎么就把我给剩下了？"这句话是不是有些耳熟？生活中你一定也听到过类似的话。她的要求真的不高吗？细聊下来你会发现，樊帆所谓的感觉其实是有明确标准的。她说："收入不要求太高，但也不能太低，起码要有一套房吧；外貌上不需要长得太帅，但起码得阳光端正吧；身高也不需要太苛刻，但起码要有 175 厘米吧；其他也没什么了，简简单单就好。"

在择偶过程中，那些越是说自己没有要求的，实际上隐藏的需求越多。放眼择偶市场，这些条件单拎出来其实并不难找，外形好的很多，高学历的很多，有钱的很多，风趣幽默的很多，兴趣相投能跟你聊得来的也不少，可一旦把这些品质合在一个人身上体现，我想符合要求的男性就凤毛麟角了！

另外，你有没有想过，即便遇到了符合自己标准的人，自己又是否能满足对方的心理预期呢？生活中很多女孩都像樊帆一样，总是说自己其实要求并不高，但实际上眼光毒辣，挑剔得很。你希望他颜值高，又能包容你的"怪脾气"；你希望他事业有成，又有大把的时间陪你；你希望他不仅风趣幽默，还要细致浪漫且成熟。可女孩们忘了，你在挑选对方的同时，对方也在挑选你。如果说，你25岁时按照这个标准找男人可以理解，但有个很残酷的事实不得不说，那就是，女性随着年龄的增长，在相亲市场上的优势也在逐渐降低。

你可能会反驳："我虽然年纪大，但我有足够的经济实力，我的见闻和阅历都要比年轻女孩丰富。"不可否认，此时的你确实拥有了赚钱的能力，但这也意味着你的品位和择偶要求会比年轻女孩更高，追求你的男人也需要花费更多时间和精力取悦你。很多女孩就是因为把自己的伴侣标准设定得太高，很多男人都无法达到，最后就只能这样一直被剩下。

除了"太挑"之外，太宅的人也很容易被剩下，因为她们不太愿意主动拓展自己的社交圈，并且，太宅的人有一个非常显著的特征：她们太过沉溺于自己的世界。比如说，喜欢追星，喜欢看动漫，或者是喜欢玩游戏，她们把自己对情感的需求全部投射在电视、明星或虚拟人物身上。这就导致她们即使遇到了很契合的对象，也很难有强大的驱动力为之付出实际行动。

宅女通常会感觉自己的时间被安排得很满，谈恋爱对她们而言，早已变成了时间安排之外的一项附加环节。如果有爱情到来，她们大概率不会拒绝，可如果爱情没有到来，他们的生活也有其他的事物去替代恋爱。但问题就在于，爱情不会主动来叩响你的家门，更何况狭窄的交际圈根本不容易有桃花掉落，要是有的话，就不至于存在母胎单身这种现象了。

还有很多人觉得"宅"都是被迫的，因为每天工作已经花去了自己所有的精力，哪还有时间去谈恋爱，周末只想躺在家里。说白了，就是你"懒"。宅在家里，等恋人从天上掉下来，简直是痴人说梦。更有女孩用"一直单身一直爽"这句话来逃避现实，可对这些"单身人士"来说，从来没有恋爱经验，这就代表没有参照物，如果没有对比的话，那么"一直单身一直爽"这句话自然是不成立的。

如果你不想继续单身，不妨走出家门，拓展一下自己的社交圈，主动去结识更多的人，说不定，你会收获意想不到的快乐呢！最后还是想对所有母胎单身人说一段话：母胎单身并不代表你不够优秀，任何人来到这个世界都只是一张白纸，选择何时在纸上描绘属于你的爱情，或迟或早，都没关系，只要最后等到的那个人能带给你快乐就好。

有人爱时就用力去爱，
独身时也要满怀期待

　　爱，是什么？王小波说："我把我整个的灵魂都给你，连同它的怪癖，耍小脾气，忽明忽暗，一千八百种坏毛病。它真讨厌，只有一点好，爱你。"年轻人说，爱是手机里显示"对方正在输入……"的忐忑和甜蜜，也是热情退却之后朋友圈的点赞之交。可见爱有多种形式，它在现在，也在未来。爱一个人是爱，期待爱也是爱。而爱最好的状态，就是有人爱时就用力去爱，独身时也满怀期待。

　　给大家分享一个故事，主人公是一个新时代女性，温柔且勇敢，积极且独立，她叫王菲菲。在王菲菲的人生答卷里，爱情是一个传奇，是喜欢谁就跟谁在一起。每一场恋爱都轰轰烈烈，每一次都无怨无悔。爱上了就不顾一切，爱不成就全身而退。

　　王菲菲第一次遇见小黑，是出差到另一座城市，在酒吧里看到驻唱的小黑，一见倾心，一眼入魂。从那以后，王菲菲成了那个酒吧的常客。她从不掩饰自己对小黑的爱慕，小黑也从不吝啬回应她的爱。两人很快坠入了爱河，一有机会王菲菲就往小黑所在的城市飞。后来小黑决定离开酒吧，出国进修。分手那天，他们吃完饭一起去了机场，只不过上的不是同一架飞机，两人各自飞往了不同的方向。

　　闺密得知他俩分手后，大骂小黑不负责任，但王菲菲反过来安慰闺密，说人生难得几回爱，爱过就不亏。不辜负自己，遇上爱，就勇敢地去爱，向来是王菲菲在感情中的态度。

一段终止的感情，并没有让王菲菲失去对生活的热情，虽然心里难过，但她给自己放了一天假后，勒令自己必须马上投入工作，秉着化悲痛为力量和不能人财两空的心态，她在职场冲得比谁都猛。后来闺密问她："你还相信爱情吗？"面对闺密的问题，王菲菲答得十分笃定。她说："我相信月老比较忙，给我的爱情会晚到一会儿，但那个爱我的人一定不会缺席我的生命。"

我一直认为，感情中最打动人的，不是执着地爱着一个不可能的人，而是知进退、懂克制，永远拥有真诚的心和炙热的情，认真地对待每一段感情，爱时全情投入，纵然不爱也不会心生怨怼，依然拥有期待的态度。

很显然，王菲菲就是这样的女孩。她一直走在让自己变得更好的路上。她时刻准备好自己，只为迎接爱情到来的那一刻。即便爱情还未降临，她依然会保持炽烈而向往的心态，不去遗憾晚风渐息，星河若隐，而是期待黑暗过后的破晓清晨，灿烂眼中的光景。

"精神分析之父"西格蒙德·弗洛伊德曾说："精神健康的人，总是努力地工作及爱人。只要能做到这两件事，其他的事就没有什么困难。"我知道不是每个人都能成为王菲菲，可每个姑娘都应该学习王菲菲。学王菲菲面对爱情拿得起放得下，专情投入但并不盲目，爱时高调热烈，分手后也输得起，淡然处之，保持期待，真正做到不负自己，不负他人。

当然，王菲菲的洒脱除了跟她的性格有关，重点还在于她对自我的内在修养。每一个女人都应该意识到内心强大的重要性。只有拥有独立的经济和人格，爱自己、爱生活，能够清晰地看清前行的方向，才能使自己不在世俗里迷失。

自我强大的姑娘不会被世俗束缚，亦不为人情世故所牵绊。因为她们的目标就是过好每一天，她们怀着正确的希望和野心，从早上睁眼开始就感到幸福。她们心有江河湖海，也能安于方寸之间，知道自己应该去的地方，知道怎么漂亮地活着。无论单身还是恋爱，她们都会在每一个阶段快速地调整状态，一路高歌猛进，全情享受。而她们所经历的每一段感情，遇到的每一个人，无论好坏，都会成为人生中的一道风景。

她们对待爱情的态度是人生海海，爱且期待，是永远相看两不厌的深情陪伴，也是一别两宽，各生欢喜的洒脱自在。正如王小波所言："我爱你爱到不自私的地步，就像一个人手里一只鸽子飞走了，他从心里祝福那鸽子的飞翔。"人生最好的状态，就是在这悠长的岁月里有回忆煮酒，有良人在侧，纵然暂时孤独，也能与生活同歌。

Chapter 3

脱单
其实没有那么难

爱，从来都不是寻找一个完美的人，
而是善于用完美的眼光去欣赏一个不
完美的人。终会有人让你成为他生命
中的例外，没有任何要求地去爱你。

为什么好男人
都是别人的

听过许多爱情故事，每每听到浪漫动人的情节，总有女孩子忍不住感慨："为什么现实生活中就遇不到这么好的男人？为什么好男人都是别人的？"往往这样感慨的女孩子，她们自身条件并不差，择偶标准也很具体，就连身边很多条件不如她们的女孩都找到了不错的伴侣，偏偏她们一直找不到合适的人。其实，很大一部分因素在于：很多女孩子天生就容易被"坏男人"吸引。

前几年家人让我帮远房表妹找个男朋友，起初我有点诧异，因为表妹自身条件不差，长得漂亮还多才多艺，追求她的人更是源源不断，其中还不乏家境好、长得帅、风趣幽默又有才的。我心想，这么多人就找不到一个合适的？细问才知道，原来表妹交往过的男生，有一个共同点，那就是"花心"。

表妹和这些男孩在一起的时候，恋爱里能有的快乐和浪漫基本都体验过了，相处起来也轻松坦然，他们总是能够出其不意地制造惊喜。可问题在于，这些很会谈恋爱的男孩，虽说什么都好，但他们的爱就像生日聚会上买来的大蛋糕，分给表妹的同时，还会分给无数个女生。

表妹对待每一段感情都很认真，她觉得爱情就像挖井，越深越好。可那些男孩不这么认为，他们觉得爱情就像播种，越多越好。这些男孩就像张爱玲在《红玫瑰与白玫瑰》中所写的那样，娶了红玫瑰，又想念白玫瑰的娴静淡雅；得到了白玫瑰，又想念红玫瑰的火辣热情，"鱼和熊掌想兼得"才是他们的内心写照。

经历了一次次感情上的失败，表妹终于意识到，不是自己命不好，而是自己的眼光有问题。因为她总是容易被"坏男人"吸引，当然这种坏不是指恶劣、邪恶的坏，而是狡猾的坏。他们总是能够巧妙、委婉又聪明地突破女生的防线，懂得女孩子的每一个小心思，知道女孩子想要什么样的安全感。比起那些只会让女生喝热水的直男，"坏男人"给了她更多的新鲜感和刺激，让人面红耳赤、心跳加速。

"坏男人"的这些特质，让很多像表妹一样的女孩子深陷其中，难以自拔。有时候，她们明知道自己这样做的后果是飞蛾扑火，却仍然愿意奋力一扑，不管不顾。

女人就好比花园里的花，开得再好再艳，也有凋零的一天；而这些"坏男人"就像花园里的看客，花盛时夸赞，花凋时离开。看完了这朵花，还有那朵花，永远看不够。

幸运的是，表妹及时止损，决定改变择偶标准，和一个看着有点憨的男人谈起了恋爱。这个憨憨的男人，名字叫陈蔚，是我同事的外甥。陈蔚 211 硕士毕业，在本地一家知名企业工作。他出身书香门第，父母从事教育行业，家庭条件也非常好。

陈蔚见到表妹的第一面，就喜欢上了她。表妹对这个憨憨的男人并没有太深刻的印象。这要是从前，表妹根本不会和陈蔚这种类型的男生相亲。可经历了多次惨痛的恋爱后，表妹决定给陈蔚和自己一个机会。可陈蔚实在太老实、太古板，吃饭、看电影是每次约会的必备流程，没有变化，没有惊喜。

几次下来，表妹觉得心好累，虽说陈蔚各方面条件都很优秀，可木讷死板的性格也着实让人受不了。表妹问我，为什么好男人都是别人家的，而自己遇到的不是花心的就是这样无趣的人。

你看，女人好像有一个通病，那就是："好男人都是别人家的。"女人们总是能在烦琐的感情生活中，找到别人家男人身上的优点，以此来督促自己的另一半。可感情这种东西是最不能比较的，比较是偷走幸福的小偷，一个人身上有优点，也必然有缺点。

选择老实本分的，他不会在外拈花惹草，可又少了些温馨浪漫；

选择霸道强势的，他不会让你受人欺负，可又少了些温柔细腻；

选择有钱有势的，他不会让你节衣缩食，可又多了份敏感焦虑。

就像一朵带刺的玫瑰，多数人看到的只是花，鲜少有人注意到花下的刺。你喜欢对方什么样的优点，就必然要接受对方的缺点。爱一个人必须全方位地了解他，欣赏他的优点，包容他的缺点。如果你可以用这样的方式去看你面前的男人，他自然也就成了你口中的好男人了。

而且，所谓"好男人"不仅取决于对方的内在和外在条件，更在于你对他所持有的态度。情感中的不幸往往是比较出来的，千万不要用别人的幸福指数来衡量自己的生活。少些抱怨，多些知足，我们才会用更包容、更欣赏的态度去看待身边的人。

关于好的爱情，每个人的心中都有自己的定义，毕竟如人饮水，冷暖自知。但能确定的是，那些让你感到温暖和安稳的人就是对的人。那段让你变得越来越好、越来越从容自信的感情，就是好的爱情。我们终究不过是要找一个能相守一生的人，舒服地度过此生。

我们一方面要慎重地选择伴侣，另一方面也要给自己和那个人更多的机会去沟通和了解。凡事都要亲自感受过，才能知道其中好坏。就像每个男生都有自己的优点，有的资质优越，一眼就能看出，而有的稍微内敛，需要深入了解才能发现。好男人不难找，难的是有一双发现的眼睛，别不信，那个好男人也许就在你身边。

男人是视觉动物，
女人是感性动物

男人和女人之间，有着不同的生理构造和思维模式，具体到爱情上，两种人更是截然不同。男人容易见色起意，因为美色而坠入情网；女人容易因爱动情，因为对方某种触达内心的行为而深陷其中。

这种差异性，似乎是与生俱来的。自古以来，男人便风流偶傥，对异性的感知首先来自视觉层面的吸引。老祖宗在《诗经》里说"窈窕淑女，君子好逑"，男人无法拒绝美的事物，尤其是美的异性。如果你走在街上便能观察到，男人的目光时不时会被美人吸引。文人墨客在描述男人心里关于女人的美时，用的是"以月为神，以柳为态，以玉为骨，以冰雪为肤，以秋水为姿"，或是"眉间一点朱砂如谪仙下凡，是梨花一树月光白，扰乱一池春江水"。你看，男人对女人的描述大多停留在肌肤、五官、神情等外貌上。

而女人细腻柔软，心思敏感，有着强大的共情能力。她们比男人更能深刻地体会人间冷暖，更容易多愁善感，更渴望浪漫和仪式感，并且憧憬着一切美好的未来。在感情中，女人习惯将恋爱理想化，一旦爱上，便会全身心地投入，掏心掏肺地付出。她们不介意对方的长相如何，因为情人眼里出西施，女人的情感滤镜往往是开了十级美颜，只要对方愿意捧着一颗真心与之交换，女人也很乐意奉陪到底。但这并不代表女人愚笨、爱幻想、不切实际，只是说明她们重感情，在乎"感受"二字。

我在网上看到这样一个笑话，一位诗友在《诗刊》上发表了一首情诗，措辞深情，引来一堆粉丝的回信。其中一位姑娘文采斐然，娟娟字迹不由得让这位诗人想起了林徽因，他因此化身徐志摩，为情所困，为爱而生，与这位姑娘互通书信，情意缠绵。不久后，他们决定相约大草原，策马奔腾。

这位诗友满怀着对爱情的憧憬，不辞辛苦地驱车百余里到达目的地后，发现眼前的姑娘长得有点让人"吃不消"。当时诗友反应极快，立刻说："我专程来告诉你，我不能去骑马了，单位临时安排我出差。"他说得很真诚，仿佛是为了不让姑娘失望而专程过来一趟。这个故事听起来荒诞，细想却很真实。我身边好多去参加相亲或见网友的男性朋友，回来的第一句话便是谈论今日见面的女人长相如何。

不要责怪男人的幼稚可笑，也不要觉得男人是肤浅的视觉动物，因为这不是人品问题，而是早在生物进化过程中就刻进男人基因里的东西。哈佛大学有一项研究表明，当男人们看到心中的漂亮女人时，大脑区域的奖励系统会被瞬间激活。

相比于喜欢"外在美"的男人，女人对精神的浪漫追求，某种程度上同样让男人觉得不可思议。有时候，男人会困惑，为什么情人节送了女人999朵玫瑰，女人依然不太高兴。而有时候，男人在路边随手摘下一朵鲜花，别在女人的耳边，却能让女人幸福一整晚。其实原因很简单，女人们细腻的内心使她能区分出，男人的行为究竟是出于真心，还是为了省事图方便。钱，砸不出浪漫，心却可以。

在男女的相处过程中，能让一个女人动心的，往往不是这个男人公认的优秀品质和外在条件，而是在交流和互动的过程中慢慢产生了的情愫。当女人不断感受到来自同一个男人给予的愉悦感受时，她的心里便会产生一种依赖，然后在不知不觉中爱上对方，这就是人们常说的"情不知所起，一往而深"。

男女间的情爱，看似毫无头绪，实则有迹可循。男人爱漂亮的女人，女人爱体贴的男人，这是两性存在的客观差异，既然摸清了套路，便要对症下药，在关键时刻给予对方会心一击。女人要学会经营自己，塑造自己，让男人始终保持热情。男人要学会浪漫，懂得体贴，照顾好女人的小心思。男女双方千万不要因为熟悉，就懒得付出，不愿改变。仔细想想，当男人懒得在女人身上花心思，女人也懒得为男人经营自己时，是不是就预示着双方不再在意彼此了呢？我始终坚信，只有双向奔赴，才能抵达美好。

当然，这也并不代表不漂亮的女人，男人就会抗拒，也不代表不体贴的男人，女人就会反感。很多人在择偶之初，有着各种各样的要求，但是相处下来，却愿意为了对方剔除种种要求，因为他认定你就是生命中那个特殊的、独一无二的存在。爱，从来都不是寻找一个完美的人，而是善于用完美的眼光去欣赏一个不完美的人。终会有人让你成为他生命中的例外，没有任何要求地去爱你。

这样的女人，
男人永远舍不得放手

在感情世界，经常会出现这样一种情况，两个相貌水准差不多的女人，一个像一朵花一样，被一群男人簇拥着；一个则像一棵草一样，被一群男人遗忘在旁边。按理说，男人是视觉动物，两个相貌水平相似的女人，对他们的吸引力应该是一样的，可是两个女人的待遇差别如此之大，不禁让人思考，问题到底出在哪里？

之前朋友公司有个做前台的女孩，长得非常漂亮，每次她跟周围的人说自己单身，大家都会用不可思议的目光看着她问道："是不是你的要求太高了？"可女孩只是无奈地摇摇头，说："是因为真的没有人追我啊！"的确，女孩没有说谎。因为周围不少异性都曾表示，跟女孩相处的过程太让人压抑了。女孩仗着自己漂亮，对待异性常常是一副居高临下的模样，十分享受男人对自己低声下气的样子，完全不会顾及男人在想什么，以及需要什么，并且认为男人为自己做的任何事情都是理所当然的。

我把这类女人称为"猫系女人"，因为她们和小猫一样，时刻高昂着头，即使做错了，也不会立刻低头，而是等待着男人主动去解决问题。

一般来说，猫系女人第一眼是很受男人欢迎的，因为她们漂亮、迷人，但同时猫系女人存在一个致命的缺点，那就是她们太喜欢以自我为中心，容易让周围的人在精神上产生"不被重视"的感觉。所以一些男人在和猫系女人相处一段时间后，就会选择放手。

再说说我认识的另一个女孩，她不是那种大众审美范围内的"白幼瘦"美女，因为她天生皮肤黝黑。如果单从相貌上抉择，大部分男人都会倾向于选择朋友公司的那位前台女孩，可实际上，我认识的这个女孩要更受男人欢迎一些。在我的印象中，这个女孩的桃花运从来没断过，但凡跟她相处过的男性，都会被她的个人魅力折服，最后女孩还嫁给了一位非常优秀的企业家。你一定很好奇，这个女孩的优势到底在哪里，听我讲完这个故事你就懂了。

一年前，女孩和企业家刚刚确定恋爱关系，两人一起去海南旅游。七月天，正是海南最热的时候，企业家从下飞机就开始流汗抱怨，原本两人约好了去体验冲浪项目，可是女孩考虑到去了海滩之后，太阳更大，可能会加重对方烦躁的心情。女孩先是问了一遍企业家想不想去冲浪，对方一边疯狂地擦汗，一边又不想女孩失望，强撑着精神说可以陪着女孩去。但是女孩看出了企业家的勉强和疲惫，于是灵机一动，把海上冲浪改成了室内冲浪，这样既满足了自己想要冲浪的体验，又照顾到了企业家的情绪。

从这个故事可以看出，女孩非常聪明，她懂得照顾男人的感受，在相处的过程中，她不会把自己的意愿强加到对方身上。她的情商很高，不会因为一些小问题而呈现出咄咄逼人的姿态，比如说，你不听我的主意我就要跟你闹，女孩完全不是这种高傲的类型。她在感情中积极扮演着问题解决者的角色，不会让彼此陷入冷战的境地。

我把这类女人称为"犬系女人"，她们和小狗一样拥有灵敏的反应，能够很快地察觉出身边人的情绪，并在适当的时机给出合适的反应。

犬系女人取胜的技巧，往往在于她们能够在相处的过程中，给对方带来非常舒适的体验。她们看重的并不仅仅是个人的感受，同时也将对方的感受纳入自己的考虑范围。她们懂得倾听对方的心声，并且将对方的心思拿捏得十分到位，容易和对方产生情感上的共鸣。这样聪明懂事的女人，自然会让男人无法抽离。

这下你能够明白为什么两个相貌差别不大的女人，在男人那里得到的却是完全不同的待遇了吧。

现实生活中，人们总会以先入为主的眼光去看待那些长相漂亮的人，认为这样的人一定会被所有人喜欢。实际上，相貌只是决定一个人对你的第一印象，想要在长期相处的过程中始终让对方对你保持喜欢和忠诚，能够读懂对方，照顾对方的情绪更重要。记住，想要吸引男人，首先要懂得男人，一个让男人舍不得放手的女人，往往是在灵魂上和他同频共振的人。

情场老手，
比女人更懂女人

对情场老手来说，他们甚至比女人更懂女人，在情感中占据绝对的掌控权，不动声色地打动你、吸引你，最后直抵内心，一击而中，让你念念不忘。他们懂得看人下菜、投其所好，让女孩觉得只有他才最懂自己。对情窦初开的女生来说，遇到这样的男人一定要绕道而行，因为他让你尝尽爱情的甜头后，留给你的只有苦楚。

给大家分享一部电影。故事的主人公叫珍妮，在一个大雨滂沱的傍晚，珍妮邂逅了这个日后带给她无数痛苦的男人。那天，珍妮带着她的大提琴在街边淋雨，一辆小轿车停在她身旁。车里的男人叫大卫，他摇下车窗探出头来，用教科书般的搭讪方式让珍妮放下戒备，主动上了他的车。

稚嫩的珍妮还以为这些全是天意，殊不知，这只是一个情场老手欺骗无知少女的手段罢了。大卫的人物设定，满足了珍妮对未来男友所有的幻想。但珍妮不知道的是，所有命运馈赠的礼物，其实早已暗中标好了价格。直到发现大卫已婚，珍妮找到大卫的妻子。大卫的妻子似乎并不惊讶丈夫出轨，惊讶的只是这次丈夫换了胃口，情妇竟变成了一位少女。显而易见，这并不是大卫第一次背叛，珍妮以为自己是独一无二的，可在情场老手眼里，这只不过是一场有时间期限的猎艳罢了。

这部电影叫《成长教育》，剧情有些老套，但非常适合女孩子看。生活中很多女孩也遇到过像大卫一样百分百的男人，他会在不经意间打动你，一个小细节就能让你放下所有戒备。他像一位智者，在你困惑的时候为你指点迷津，他能猜透你所有的心思，可你永远都不知道他在想什么。

和大卫这样的完美男人形成反差的，是那个在电影中和珍妮同年龄的男孩，他笨拙、稚嫩，只知道口头谢谢珍妮邀请他参加生日会，然而大卫的出场却伴着一大堆礼物。成熟男人好像永远都知道少女们想要什么，和稚嫩的男孩相比，他们在情场上游刃有余。

想要判断一个男人是不是情场老手，其实也很简单。我们做一个场景假设，你会更清晰些。

假设你们在同一个业务项目组里，他总是主动向你询问有没有什么需要帮助的地方；单独与你相处时，他可能会有些手足无措，甚至还会像少年那般突然面红耳赤；工作之余，会常常找你聊天，跟你分享各种无关紧要的趣事。你内心可以很明确地知道他喜欢你，但他的这种爱意很多时候让你手无足措，甚至有些尴尬。这样的男孩，多半是没有太多恋爱技巧的，因为他的表达是直接的，是你能明显感受到的。

然而，对恋爱老手来说，他们的行动自然高级了很多：还是一样的场景，你们在同一个项目组里，他从不会主动询问你的需求，但他总是能够恰到好处地给你一些建议；与你相处时他自信且坦然；利用适当的时机，他会做出一些既暧昧又绅士的小动作；他偶尔会找你闲聊，会跟你讲很多工作之外的事；他会让你感觉你们的关系比其他同事更近，可他又会突然很久不联系你。

此时，你才意识到，不知道从什么时候开始，你的脑子早已被他占据。他的若即若离让你开始不确定，他是否真的喜欢你。你开始一字一句地琢磨他发给你的每一句话，和你相处的每一个小细节，你开始告诉自己："糟了，我好像喜欢上他了。"

情场老手的高明之处就在于，他们把"追求"变成了"吸引"，让你无法辨识到底是谁先动了情。他们总是温文尔雅、亲切舒适，和他们相处时，你会觉得彼此间同频共振、琴瑟和鸣。他们喜欢听你倾诉、给你肩膀，让你感受到从未有过的安全感。约会的时候充满小惊喜，甜言蜜语，让你完全沉浸在他设计的氛围里。

当然，情场老手并不代表他们一定是渣男，只是他们更擅长追求女孩子。渣男们利用恋爱技巧，作为自己广撒网的捕鱼工具，而对那些真正渴望爱情的优质男士来说，恋爱技巧是他们加速感情的催化剂。对方是否是情场老手并不重要，重要的是他们的恋爱技巧只对你一人，而不是所有人。

女人要宠，男人要疼

　　有这样一句话："一个女人最好的嫁妆是一颗体贴温暖的心，一个男人最好的聘礼是一生的迁就与疼爱。"爱情是需要双向奔赴的，而非一个人的付出。在感情中女人最需要的是宠爱，你疼她、关心她，她便如同一杯加了糖的温水；你呵责冷落她，她便变得坚硬如冰。女人的容貌更是取决于男人，即使一个天生桃花般的女人，如果没了男人的宠爱和滋养，也会变成残花败柳。但如果有男人的宠爱作为养分，再普通的花，也会变得千娇百媚。

　　如果说女人越宠越可爱，那么男人也一样。男人的社会往往比女人更残酷，他们要承担更多的责任与压力，不要以为他们刀枪不入，很多时候他们也是非常脆弱的，而女人的柔情似水，可以让他们卸下所有防备。聪明的女人知道什么时候给予疼爱，你一"疼"他便满血复活，此时你让眼前这个骄傲的男人坐下还是站起来，他都会乖乖地听命于你。

　　邻居老陈跟我讲过他和老婆之间发生的一场闹剧。事情的起因是，有段时间老陈回家非常晚，他老婆就怀疑他出轨了。出于怀疑，老陈老婆偷偷调查和跟踪老陈，结果发现老陈哪儿都没去，每天下班回来他就把车停在停车场，坐在里面玩手机、刷抖音。听完之后，我一脸诧异地问他："你是在逃避什么吗？"

　　原来，那段时间老陈所在的公司面临转型，他十分焦虑，压力很大。每天只要一回家，看着正准备升学的孩子、年迈的父母以及总是埋怨他的妻子，他就会觉得喘不过气来。老陈说"待在车里半个小时，是一天中最轻松的时刻"。车的两头，一边是功名利禄，一边是柴米油盐。

张爱玲说："中年以后的男人，时常会感到孤独，因为他们一睁开眼，周围都是需要依靠他的人，却没有能让他依靠的人。"如今的社会，男人承受的压力非常大，已婚的需要担负一家老小的生活，未婚的则背着房贷、车贷、彩礼等所谓老婆本的压力，活得都不轻松。其实，男人并非像女人以为的那样坚强，男人面对压力的时候，通常会选择隐忍。而作为女人，不能因为他们不说，就觉得男人不需要疼。

有的女孩总习惯将对方对自己的好视为理所当然，一旦对方将那份好收起来，就会怀疑对方变心了。但你有没有想过，他可能只是累了、失望了呢？男人也是需要被爱、被呵护、被关怀的。在他为你准备惊喜时，你说过"谢谢"吗？在他工作到深夜的时候，你问过他"辛不辛苦"吗？在他生病难受的时候，你在他身边照顾过他吗？在他低落痛苦的时候，你抱着他给过他安慰吗？如果没有，你凭什么让他一如既往地在你身边爱着你？

离开从来都不是突然的，而是无数个失望攒够了，不得不走。一段感情，最难均衡的就是双方对等的关系，然而这种情况也特别容易发生在婚后的女人身上。

同窗的阿娇以前是班花，结婚后天天在公婆、小孩之间来回伺候。老公不是嫌菜味道淡了，就是抱怨要穿的衬衫没有熨好。老公的指责和嫌弃让阿娇寒了心，婚后第三年，她毅然决然地选择了离婚。去年因为一场交流会，我又看到了阿娇，她模样大变，举手投足间都体现出一种知性美，给人一种很通透的感觉。站在她身边的那位男士，对她十分温柔体贴，后来我才得知那是她的未婚夫。

我讶异于她这五年的改变，她直言，好女人都是男人宠出来的。女人是娇弱的鲜花，需要爱的呵护才能绽放得更加美丽。女人对男人无微不至的照顾，并不是应该的，而是因为她爱你。当男人一直将这种爱视为理所应当，并不回馈什么时，这份爱最终也会被消磨得一干二净。

人海茫茫，寻找爱人就是为了在往后漫长的人生道路上相互扶持、相互关爱。爱情里，没有谁是可以凌驾于对方的。两个人要彼此心疼，彼此付出，千万别以为对方不说，就是不需要。虽然你的关心和疼爱，不一定能愈合对方内心的郁结和伤口，但一定会是最好的止痛剂和消炎药。

女人要宠，男人要疼。多一点尊重、理解和鼓励，就会换来多一份关心、疼爱和包容。要想一段感情走得远，靠的不仅仅是喜欢，还要用真心去感受，用真情去经营，用生命去珍惜。愿你有人懂、有人陪、有人爱，在平淡的日子里，慢慢活成彼此最好的样子。

Chapter *4*

好对象，都是
吸引来的

要知道，一段长久的感情，永远不可能只依靠荷尔蒙来维持，它更需要理性和智慧来加持，这样两人的爱情才能甜蜜如初。

与其苦苦等待，
不如主动出击

从古至今，女人都被教育得要矜持，面对喜欢的男人，要学会沉得住气。因为在传统的爱情观念里，女人主动追求异性是一种掉价行为。况且在一段恋爱关系中，还经常流传着这种说法："太主动的女人，往往得不到男人的珍惜。"这么一吓，女人基本上就很少主动了，就算遇见喜欢的人，也只敢放在心里幻想一下。我们姑且把这类人称为"爱情的幻想家"，即只敢想，不敢行动。她们习惯于等在原地，以为足够幸运的话，爱情一定会来敲门。

可爱情真的是可以等来的吗？我们都知道，一个人在机场是等不来船的，在沙漠是等不到海的。同样，你把自己藏起来，也是等不来爱情的。在我过去的人际交往中，遇到过一些主动追求爱情的女人，莎拉就是其中的代表。

当时，年仅 28 岁的莎拉，在职场上混得风生水起。多年的职场打拼经验，教会莎拉一个道理，那就是对待任何事情，都要学会主动争取。莎拉觉得，其实爱情和职场一样，它所开的花，所结的果，都是由自己的选择构成的，没道理女性在职场上主动进击，在爱情上却要等待被人安排。所以莎拉在恋爱关系中，一直非常积极主动。

她和老公结婚三年，两人第一次约会，是莎拉主动邀约的；两人第一次见家长，是莎拉主动安排的；到后来两人去民政局领证，也是莎拉积极鼓动的。莎拉追男的故事，一度在朋友圈里传得沸沸扬扬，有"好心"的同事私底下提醒莎拉："你这样主动，在男生眼里会很掉价的。"可是有谁比莎拉更了解自己的老公呢？他不是不主动，只是比较内向而已。

我想，生活中人们之所以劝女人不要太主动，无非是害怕太轻易得到的爱，男人会不屑一顾。但莎拉打破了这个说法，她和老公结婚之后，感情反而比恋爱时还要好。还记得我受邀参加莎拉婚礼的那一天，莎拉老公穿着笔挺的西装，一边给莎拉戴戒指，一边激动地说道："我不是个主动的人，但是因为你的主动，让我感受到了巨大的爱意，所以我才敢主动把你留在我身边，谢谢你。"

生活中，经常有文章煽动女人的情绪，说什么"主动的女人往往结局都很惨""主动的女人爱得都很卑微"。这些话题给女人造成一种误导，让她们认为在恋爱关系中，只能由男人保持主动态度，而女人如果主动，就会被打上"不幸"的标签。

其实，男人和女人在爱情中是平等的，在不确定对方心意的时候，女人想要被男人追，同样，男人也想要被女人追。比如，生活中就有很多和莎拉老公类似的男人，他们比较内向，在遇见喜欢的人时，第一反应是不敢行动，直到对方表露爱意，才敢小心翼翼地跟上对方的步伐。试想一下，如果当初莎拉没有主动追求老公，也许他们就不会有接下来的故事。

遇到喜欢的人，男女都可以主动争取。凭什么男人主动就是理所当然，女人主动就是掉价倒贴呢？这种说法未免太不公平。在我眼里，主动只是追求幸福的一种表现，只要它不违背道德，不触犯法律，那它就是合理的，无须在意别人怎么说、怎么看。主动，才有可能发生爱情；等待，很有可能错过爱情。

我国台湾有部热播剧，讲的就是一个女追男的故事。女方平平无奇，男方则众人追捧，所有人都觉得两个人之间不可能产生爱情，但是在女方的主动追求下，男方慢慢燃起了爱意，甚至后来男方对女方的爱，超过了女方对他的爱。

爱情就是，你不主动去撩一下，永远都不知道结果是什么。

我一直觉得，那些在爱情中主动的女人，才更有可能把爱情的选择权掌握在自己手中。因为她们对待爱情的态度更加积极，遇到困难不轻易退缩，她们清楚地知道自己想要什么，应该怎么做，行动会成为她们追求爱情的加分项。

毕竟，开启一段恋情，靠的不是意念，不是等待，而是真真切切的付出。首先你要让对方感受到你的心意，其次对方才能回报给你更深的爱意。主动一点，爱情就会离你更近一点。

利用吸引力法则，
轻松拿下理想对象

男女之间的相互吸引，本质上是来源于动物繁衍族群、繁衍后代的本能。在动物世界，发情期的两性之间会通过散发气味、发出声音或者展露身体来吸引异性进行交配。这种两性间相互吸引的本能，即使人类进化到今天，也始终存在。

异性从相识到相守，就是一个相互吸引、彼此间建立磁场的过程。两人能否终成眷属、同频共振也正取决于彼此间的磁场。心理学上有一种说法，叫作吸引定律，又称"吸引力法则"，指思想集中在某一领域时，跟这个领域相关的人、事、物就会被它吸引而来。通俗地说就是，你关注什么就会吸引什么，你相信什么就会获得什么。

有一位名叫杨好的女孩，她从小被父母抛弃，身边只有奶奶一位亲人。所以杨好长大后非常渴望被爱，但因为小时候的遭遇，杨好在情感上有很强的被抛弃感和自卑感。她很怕遇到像父亲一样不负责任的男人，选对象的时候也是千挑万选，千叮咛万嘱咐对方一定不要抛弃自己。可杨好越是担心什么，反而越会遇到什么。

杨好所有交往过的对象，虽然年龄不同、地域不同、职业不同，但都有一个相同的属性——不靠谱。因为杨好在潜意识里认定自己会被抛弃，所以她吸引的人往往具备"不负责任"的特质。很简单的原理：当你认为自己十分差劲的时候，周围的人也会理所当然地把你当作"差生"对待；而当你觉得自己不值得被爱的时候，自然而然你身边的人也会觉得你不值得被爱。

他人对你的看法和态度，其实来源于你对自己的看法和态度。你若是把自己当作一颗珍珠，得到的待遇便是被人捧在手心；你若是将自己视为一摊烂泥，谁会有那么多的时间把你扶上墙头呢？

生活中有很多像杨好这样遭遇的女孩，因为原生家庭的不幸福，让她们比其他人更加渴求幸福，可结果往往事与愿违。对这样的女孩来说，她们想要被爱，首先要做的就是，要像一个不缺爱的人那样去感受。把生活当成一面镜子，你对它笑，它也会对你笑；你对它哭，它也会对你哭。当你内心相信自己有足够多的爱的时候，你自然也会吸引到让你感到温暖的人。

在《吸引力法则》这本书中，杰克·坎菲尔德就分享了运用吸引力法则达到理想生活的实践指南，主要有四点需要铭记：一、确定目标；二、立刻行动；三、相信自己；四、坚持不懈。

举个例子：有的女孩觉得自己不够漂亮，配不上帅气的男生，可是她们的内心又希望自己足以与美好相配。首先，她们需要给自己确定一个目标，那就是相信自己就是漂亮的。其次，她们需要为自己的目标立刻付出行动，这里的行动包括实际层面的和心理层面的。从实际层面来说，她们可以从衣着、面容、气质、谈吐等方面去不断提升自我；从心理层面来说，她们需要不断相信自己拥有独特的气质和韵味，由此才会为自己吸引更多的独特气质和韵味。

有关吸引力法则的运用，很关键的一点在于坚持。你要知道，那些令人欣赏的女孩从来都不是百分之百优秀或完美，而是无条件地接纳自己的缺点和放大自己优势的人，她们懂得挖掘自己身上的闪光点，并且坚持不懈地去扩大自己的魅力磁场。

《吸引力法则》里有一段很经典的话："在任何一个时刻，任何你的思想和感受都是你向宇宙发出的请求，宇宙就会回应给你更多你'请求'的东西"所以，当你希望在感情中得到正向的能量与反馈时，你首先得保证自己的磁场正散发着正向的信号。你会遇到什么样的人，经历什么样的人生，其实都是由你的内在品质和外在磁场决定的。当你的个人价值足够高的时候，自然也会吸引相同价值的异性。有的女孩子常说，"我希望他富有、包容且有才华"，但如果你本身是一个"贫穷、不懂付出，又很少读书"的人，你是无法吸引到期待中的另一半的。

爱情中没有什么捷径，男生只会为有价值、有吸引力的女生动情。所以，如果想遇到爱情，你能做的就是不断挖掘自己身上的吸引力，并把它发挥到极致。

你的表达很重要，
他的反应更重要

曾经听过一个很有趣的小故事：一只小白兔在河边钓鱼，第一天一无所获，第二天依旧一无所获，第三天它刚到，一条大鱼从河里跳出来："你再敢拿胡萝卜当鱼饵，我就拍扁你。"听完故事笑过后，也给了我们一些启示："你所给的都是你想给的，可并不是我想要的。"这样的付出并不值得，感情中亦是如此。

很多人在付出感情的时候，从来都没有问过对方这些是不是她真正想要的。那些无视对方意愿，对对方产生困扰的"爱"的表达，根本称不上是爱。欧文·亚隆在《当尼采哭泣》中说道："把你的动机解剖得更深层一些！你将会发现，永远没有人做任何事情是完全为了他人。所有的行动都是自我中心的，所有的服务都是利己的，所有的爱都是自私的。"

迷失在自我感动中的人，常常发出疑问："我为你付出了这么多还不够吗？我为你牺牲了所有，怎么就换不来你一句谢谢？"那些标榜着为你好的人，往往最自私。打着"爱"的名义，把自我牺牲和付出变成绑架他人的枷锁。

不久前，公司里一位刚结婚不到一年的年轻女同事和老公闹离婚。女同事晓晨是年初才到公司的，原本她是长沙一家公立学校的语文老

师。她现在的老公阳朔之前也在长沙工作，因为业务能力突出，被指派
到深圳做华南区项目的负责人。

晓晨为了支持阳朔的事业，果断地辞去了事业编，决心和他一起
"深漂"。

原本甜蜜的两个人，前些日子竟因为一顿早饭大吵一架。事情的起
因是这样的，晓晨每天比阳朔晚出门半小时，可晓晨每次都要提早起床
为阳朔准备早饭。阳朔最近因为赶项目进度，凌晨 2 点才睡。晓晨还是
照常叫他起床吃早饭，阳朔却赖在床上，有些不耐烦了。

于是，一顿早餐引发的争吵开始了。晓晨哭诉自己原本可以多睡会
儿，但为了阳朔能吃上早饭，每天提早起床准备，抱怨阳朔不懂得体谅
自己的用心，还顺带控诉自己当初是如何为了他才放弃的事业编。阳朔
委屈地说，其实每天自己只想多睡会儿，楼下有 5 块钱一份的包子，根
本不用晓晨这么辛苦。

晓晨给予的爱和关心有错吗？当然没有错。可错的是用爱和关心的
名义去绑架对方。有句话说得很对："人与人之间想要保持长久舒适的
关系，靠的是共性和吸引，而不是压迫、捆绑、奉承和一味地付出，以
及道德式的自我感动。"

自我感动式的付出，既危险又愚蠢。不论是金钱上的慷慨解囊，还
是精神上的无私奉献，只要这些不是对方想要的，那些自以为是的付
出，不过是多余的自我感动罢了，不仅没有感动对方，反而徒增烦恼。
最后，只会让付出者心力交瘁，接受者倍感压力。

就好比我想吃苹果，可是对方一个劲地给我梨，然后说给了我那么
多，我却不识好歹，可我一开始要的就是苹果，我并不想吃梨啊！所
以，感情中投其所好很重要。要知道别人真正想要的是什么，而不是强

行把你认为最好的给对方。说到这里，我想起了去年在行业交流大会中，一位讲师分享的一个经典案例：

有一对夫妻，女人喜欢吃鱼头，男人喜欢吃鱼尾。他们相亲相爱一辈子，都把自己认为最好的那部分让给了爱人。于是，她爱吃鱼头，却吃了一辈子的鱼尾；他爱吃鱼尾，却吃了一辈子的鱼头。故事很短，但意义深刻。

我们都"自以为是"地爱着对方，却从没问过对方想要的是什么。两人虽然很相爱，但也剥夺了对方的最爱。感情中其实不需要你为他做这做那，需要的是你可以懂他。两个人了解彼此的需求，都能吃到自己最爱的那部分，何尝不是一件两全其美的事呢？

在两性关系里最不需要做的就是，那些只能感动自己的无效付出，即使你付出再多，对方也觉察不到；不是你不够好，只是你所给的都非他所想，你要知道对方需要的是什么，给他想要的，即使你只付出一点点，对方也能看得到。

如何去爱别人是一门学问，离得太远让对方觉得冷漠，靠得太近又让人感到窒息，在爱情这门必修课上，想要顺利结业可不容易。先别急着去爱人，等你真的知道对方想要什么的时候，再用对方喜欢的方式表达自己的爱吧！

别错把"暧昧"
当"爱情"

这个世界上有一种关系叫"友达以上，恋人未满"，我们更愿意把它称为"暧昧"。暧昧在男女情感中是种很特别的存在，看似是友情，但又超然于友情。这大概是男女情感中最危险的时期了，你享受暧昧带给你的刺激，但又要承担爱而不得的痛苦。

有些人暧昧上瘾，总以为那就是爱情，殊不知那只是现阶段的好感罢了——两人之间存在欲望，但又不愿付出过多，害怕失去，但又不想负责，一方或者双方都在等一个更合适的人出现，然后全身而退。所以，如果你在感情中没有铸就铁石心肠，就不要把暧昧当爱情，因为最后受伤的一定是你。

我曾经有一位咨询者，是个刚毕业的女大学生。她和男生是在一个读者群里认识的，加了彼此的微信。聊天的时候，她一度以为对方是个深情且专一的人。后来群里有人爆料，这个男孩子居然同时和几个女孩聊天！他每天都会给这些女孩发信息，聊的话题也差不多，无非是从现代文学聊到个人感情。然后暗示对方，他现在是单身。

他会跟女孩说一些亲密的话，关心对方，撩拨对方，给对方造成一种"我爱你"的错觉。但是每当有女孩子提出想和他正式在一起的要求时，他就会用各种理由拒绝。被揭穿之后，男孩还狡辩："我没有错啊，我只是想要多几个选择对象！"

在女孩眼里，一个男孩子对自己过分关心，语言暧昧，就是追求，就是爱意。可实际上，对方可能根本没有与你坠入爱河的决心。他只是享受你对他的喜欢，享受你把他当作唯一的乐趣。你对他好，他照单全收；你试探他，他暧昧不明；他给你的感觉，若即若离。你想离开他，他依依不舍，可你想要更进一步，他又开始犹豫不决。那些不愿跟你在一起，却还不肯放过你的人，实际上就是想跟你搞暧昧，就像上面那个男孩说的，只是想要多几个选择的对象而已。

你想，如果一个人真的爱你，在你提出和他在一起的那一刻，他一定会毫不犹豫地答应。如果他没答应，证明你不是他的最佳选择，你不过是他空窗期解闷的花生米罢了。像这样的男生，只是抱着游戏爱情的态度，四处撩拨，等他的鱼儿上钩。所以，爱是明确的选择，而暧昧是想有更多的选择。

我有一个朋友小景，年轻的时候遇到一个让她非常心动的男生。他们是大学的同班同学，毕业后两人来到长沙工作，一次同学聚会上，两人再次相遇。从那以后，男生总是找借口约小景吃饭、看电影，还一起去川藏线自驾游。男生总是不经意间对小景做出一些暧昧的小动作，拍拍她的肩膀或揉揉她的头发，过马路的时候还会牵起她的手，副驾驶上还放了她喜欢的公仔靠枕，像情人节这么敏感的节日里，男生还会送上一份精心挑选的礼物。就在她以为自己遇到了爱情，一切水到渠成的时候，对方却给了她一个晴天霹雳，告诉她："我们只是普通朋友。"

爱一个人，最怕"自以为"。你以为他爱你，但他除了爱你，也爱别人。你以为他是唯一，但他除了你，还有第二个和第三个。所以爱一定要得到明确的回应。在一个人成为你的男/女朋友之前，你一定要问一次："你愿意跟我在一起吗？"这不仅仅是一种仪式感，也是一种安全感。那种被对方坚定地选择，充满肯定的回答，会让你更加清楚地感知到自己是在被一个人温柔地爱着。他没有玩弄你的感情，不是在跟你搞暧昧。他是认认真真地想跟你在一起，并且只确定跟你在一起。

你明白吗？爱是我的世界只有你，而暧昧是我的世界不只有你。如果他一边对你说着骚话，一边又要和你划清界限，请你大声告诉他：爱就爱，别搞暧昧，我缺的是爱情，不是陪聊机器。感情这东西是有洁癖的，没有含糊不清、权衡利弊，愿所有付出真心的人，都可以被坚定地选择。

花心是男人的"原罪"，
痴情是女人的软肋

自古以来就有"痴心女子负心汉"的说法。男人和女人的爱情，就像两个不同思维模式的游戏。女人的爱情，像贪吃蛇；而男人的爱情，更像是俄罗斯方块。在爱情的游戏中，女人们被困在方寸之间，因男人的爱一口一口填满自己，没有尽头，也找不到出口。而男人不同，他们的爱在累积到一定程度时，可以因突然出现的一根条形方块，瞬间全部清除，然后重新开始。

陈立和晓曦是从高二开始谈恋爱的，后来晓曦考上本地大学，而陈立被上海一所大学录取。四年异地恋，晓曦没变心，陈立却劈腿了。可能是受大都市的花花世界影响，陈立不再喜欢晓曦那种平凡质朴的女生，而迷恋上了那种个性张扬的女孩。陈立对晓曦变得越来越敷衍，直到有一回晓曦给陈立打电话，不料电话那头传来女性的声音，她才知道陈立变心了。可她根本不能接受这个事实。

晓曦哭着追到上海，质问陈立，陈立却觉得自己没做错。因为对方有钱有颜，而且答应他，毕业后给他投资，帮他创业。陈立说，人终究要向前看，我们找对象也都是为了追求更好的生活。如果光靠自己，不知道要什么时候才能在上海立足。陈立还劝晓曦赶紧去找个更优秀的人，可晓曦就是不愿意放手。

身边的朋友看不过，纷纷劝晓曦放过陈立，放过自己。可晓曦对陈立的执着仿佛着了魔般，任谁都劝不动。痴心的人爱上花心的人，就像酒精过敏的人爱上喝酒。总是抱着侥幸心理，喝一口，再喝一口，直到身体出现症状，才停下来看看。可只要程度不重，不致命，就觉得自己体内最终能分泌出能分解酒精的酶。

我见过很多像晓曦一样的女生，她们坚信痴情一定能换来浪子回头，可对男人而言，女人的痴情很多时候是一种负担。男人不仅不吃这一套，甚至视其为麻烦，因为男人的天性就是花心，不愿被束缚。一项研究表明，男人花心是刻在生物基因里的，繁衍后代的需求，从某种程度上来说，是历史遗留问题，并非不可救药。那么，当痴情的女人遇到花心的男人，应该做些什么？

一、强化自我内核精神

我们都因为害怕对象出轨，所以变得没有安全感。甚至有些人在对象离开时，仿佛失去了生活的重心。但在爱情里真正强大的人，都是自己给自己安全感的。无论她们爱过几个人，有过多少段感情，都不会因为一个人的离开，而让生活产生翻天覆地的变化。她们因爱而痴情，也因分离而强大。

这种人往往有很强的内核精神，自强自足、自信自爱，不会因为对方患得患失，也不会因为对方怅然若失。当然，如果对方真的不可救药，果断离开才是良策。

二、掌握爱情的主导权不等于管控对方

两性关系里，女人总希望另一半能够听话，因为受管控的男人相对

令人更有安全感。但爱情就像手中的沙，抓得越紧，流失得越快。你把男人捆绑得越紧，男人就越想逃往其他温柔乡。所以女人一定要学会把控尺度，如果什么都不管风筝就飞了，但也不能把风筝的线扯得太紧，应该适当地松一松手里的线，给男人留点属于自己的空间。当他感受到自己被信任和被理解时，一定会觉得开心幸福，也不会轻易变心。

三、提升自己，做他的红颜知己

只要你用心感受，就会发现无论是爱情还是婚姻，到头来都是一场人生修行。

男人爱新鲜不过是荷尔蒙作祟，女人与其深陷不安，天天寻找对方出轨的蛛丝马迹，让彼此深陷痛苦，还不如提升自己，成为他的红颜知己，让他离不开你。要知道，聪明的女人，不会直接去控诉男人的花心，而是懂得不动声色地去收拢男人的心。她们会不断地提升自己，直到成为一个让男人内心永远无法割舍的女人。

四、爱情是两个独立个体的自由结合

最好的爱情，是两个独立的灵魂相互吸引，是两个人势均力敌的状态，是既自爱又深爱彼此的舒服自在。我所强调的爱情里的独立，它是相对的概念，爱情不是依附，爱情是各自独立坚强，然后努力走到一起。聪明的女人都懂得真正的独立是内在的精神独立。

如果你真的爱一个人，就应该在看清爱情的本质后，努力地经营好自己的感情。要知道，一段长久的感情，永远不可能只依靠荷尔蒙来维持，它更需要理性和智慧来加持，这样两人的爱情才能甜蜜如初。

下篇

love

别怕，去恋爱吧

Chapter 1

爱的初见
——恋爱这件小事

到头来你会发现，以什么样的方式去
认识对方并没有那么重要，重要的是
两颗心的碰撞。

去相亲吧，
没有什么好丢脸的

有一次参加朋友聚会，一个叫遥遥的女生问我："人难道就不能单身一辈子吗？非得找个伴才算完整吗？"听着这哀怨的口气，我忍不住好奇她到底发生了什么事。一问才知道，遥遥今年 29 岁，虽然算不上大龄剩女，但架不住家里长辈着急，催着她赶紧找对象结婚。对于婚嫁这件事，长辈们心里都有条警戒线。长辈们普遍认为，女生一旦跨过30 岁的年龄大关，就会变得越来越不值钱。因此，遥遥的妈妈很着急，不止一次地劝她，希望她能在 30 岁之前把人生大事定下来。遥遥的妈妈最近还联合其他亲戚逼迫她去相亲，威胁她，如果不去，就不要回家了。

遥遥眼看周围的人都结婚了，自己心里其实也很着急。但朋友听说她要去相亲，都来阻止她，让她别想不开。理由大概有两点：一是相亲的功利性太强了，这种带着明显目的去认识人的行为，更像一场交易；二是朋友觉得去相亲的人，都是被剩下的人。如果你足够优秀，何必沦落到去相亲？

听到这儿，我大概能理解遥遥的彷徨和困惑。其实她内心也渴望爱情，希望能像其他人一样被爱。但身边的朋友对相亲的反感态度，又让她对相亲产生畏惧心理，唯恐避之不及。说到底，她不排斥结婚，也没想过要孤独终老，只是在她看来，相亲是一件很丢脸的事。

关于相亲这件事，我相信不只是遥遥，还有很多年轻人跟她一样，不到万不得已是绝对不会去相亲的。在他们眼中，相亲是种妥协，不仅很丢脸，而且很尴尬。在他们看来，相亲就是将两个完全不认识的人，生拉硬拽凑到一起强行说爱。因此一提到相亲，年轻人就会下意识地拒绝。

可换个角度仔细一想，相亲的本质就是一种社交方式。那些负面的评价，只是我们通过个别案例得出来的结果。如果只是把相亲当成一种简单的会面，那它并不会对人产生什么负面影响。相反，它还能让你认识更多的人，交到更多的朋友。生活中的大多数人，都对相亲有一种偏见。那么问题来了，当我们排斥相亲时，到底是在排斥什么？

首先，在很多人的印象中，相亲是父母或者媒人介绍，以结婚为目的的社交活动。大多数人觉得相亲是不可能产生爱情的，因为它是人为的刻意安排，所以少了纯粹，也少了心动。其次，相比"自由恋爱"，可能很多人对相亲的抵触是来自对"自我物化"的抗拒。在婚恋市场上，仿佛所有人都成了货架上明码标价的商品，当你在估量对方的分值时，自己也成了等价交换的货物。再次，人们对相亲的排斥其实是源于恐惧。人们不但害怕与陌生人见面，还害怕去相亲会被嘲笑，更害怕面对未知的意外。

在我看来，相亲是一种正常的社交方式。如果我们不再以刻板印象去看待相亲，而是以交友为目的，那是不是会轻松很多？如果我们不再将彼此看成等价交换的物品，而是真实且有温度的人，那是不是会舒服很多？如果我们可以直面内心的恐惧，不在意旁人的眼光，那相亲又有什么好丢脸的呢？

　　至于"找不到对象了才会选择相亲""自己是被剩下来与别人凑对的"之类的说法，简直是无稽之谈。选择与什么人相处、什么时候谈恋爱等都是个人的自由，只要清晰地看待自己的感情诉求，就无所谓用什么方式得到爱。

　　其实相亲还是有很多优点的。比如，在亲朋好友、婚恋平台的严格把控下，相亲对象的质量有一定保障。另外，一场又一场的相亲活动，也是一次又一次的阅人过程，当你阅人无数，练就一双火眼金睛之后，想找不到合适的对象都难。

　　最后说句老生常谈的话："所有的关系本质都是你跟自己的关系。"每一段情感的投入都是不断更新自我认知的过程，在这个过程中你不断问自己到底想要以什么样的方式与之舒服地共处。到头来你会发现，以什么样的方式去认识对方并没有那么重要，重要的是两颗心的碰撞。所以去爱吧，不要怕被伤害；去相亲吧，真的没什么好丢脸的！

别成为一个
让他讨厌的人

在感情中，我们常常能看到这样的现象，一对情侣上一秒爱得死去活来，下一秒却恨得咬牙切齿，巴不得对方从这个世界上消失。而令人感到意外的是，让两个人反目成仇的理由，竟然是些无关紧要的小事。这些无关紧要的小事，乍一看无伤大雅，但在累积到一定程度后，就会变成爱情里的致命伤。

我的一个朋友莫小多跟她老公新婚那会儿，小日子过得很甜蜜，每天都能在朋友圈看见她秀恩爱。没过多久，莫小多因为怀孕就辞职在家做全职妈妈。由于她的 24 小时被孩子、家庭琐事占据着，生活变得忙碌又无聊，所以她的日常爱好就是网购和"煲剧"，而缺乏社交也令她变得极其没有安全感。她要求老公出门在外时，回信息的速度不能晚于十分钟，不然她就会一直打电话打到他接为止。无论老公去哪儿，都要向她实时报告，发送定位。最终，老公由于受不了这种长期的精神负荷出轨了。

莫小多的婚姻从甜蜜走向灭亡，就是因为她缺乏安全感，做了很多让伴侣反感的事。这些令人反感的事就像蛀牙，它刚开始出现时不痛不痒，人们也不把它当回事，可时间久了，疼痛难忍时，才发现问题的严重性。如果只是被蛀了个窟窿，尚可补救，一旦伤及根本，那这颗牙就只能拔掉了。其实不只是莫小多，很多人在感情中都会无意识地做出一些令对方反感的行为，这些行为会被无限放大，最终掩盖了自身原本的光芒。在本文中我总结了几点爱情里的掉价行为，别再让这些不恰当的行为成为感情里的绊脚石。

一、小心眼，疑神疑鬼

适当地吃醋有利于增进彼此的感情，但如果你总是喜欢刨根问底，那这种情感互动就变味了。就像莫小多，在婚姻里总是疑神疑鬼，时刻要求老公报告动向，十分钟内必须回复信息等都是让人窒息的行为。没有人会喜欢和多疑的人在一起，即便你说这是因为爱，但很大程度上就是情感绑架。

在爱情里，女生往往比较敏感，因此出现猜忌、小心眼的行为都很正常。但凡事要有个度，不要盲目地去质问，甚至管控对方的行为，要学会换位思考，增加自身的安全感。我认为最好的办法就是让自己的生活充实起来，忙起来了就没有时间多想了。

二、一味地盲目付出

在感情面前，大多数女人都习惯了付出，掏心掏肺地去对对方好，哪怕自己变得再卑微也心甘情愿。但这种自我感动式的付出也会让她们心生疑虑："为什么我这么好，他还是不爱我？"

在感情中，付出和收获不一定成正比，有时候做得越多得到的反而越少。要知道，人类的劣根性就是不会珍惜轻易得到的东西，你越是讨好他，他越不把你当回事。女人们都该明白，爱情是两个人的势均力敌，踮起脚尖去爱一个人是撑不了多久的。

三、全身心地依赖对方

无论男人多宠爱你，女人都应该在爱情中保持独立。很多女人在结婚后，全身心地投入家庭，她们没有社交，没有成长，停在原地，最终导致她们与老公的差距越来越大。这时如果有第三者出现，她们才恍然发现自己早已失去了与之抗衡的优势。

感情中最怕的就是逐渐失去自我的价值，全身心地去依赖对方。当一个女人过度依赖对方时，自身的魅力也会消减，直到最后失去了所有的光芒，也就失去了被爱的价值。在一段亲密关系中，女人可以适度地依赖男人，让男人有被需要的感觉，同时也要让男人看到自己的独立。这种爱人的方式，才是成熟且明智的。要知道，爱一个人的前提是爱自己，只有当你把自己经营好了，才有能力去经营婚姻。

四、不沟通，冷暴力

在一段亲密关系中，冷暴力带来的心灵伤害是非常大的，它虽然没有面红耳赤地大吵大闹，也没有情绪失控地拳打脚踢，但它比家暴更伤人心。冷暴力不是摧残你的身体，而是折磨你的精神。在感情中，如果有一方一直使用冷暴力，那么另一方只能靠自己去消化负面情绪。我们都知道，负面情绪如果得不到解决的话，就会不停地积累，直到压死骆驼的最后一根稻草出现。

一段良好的亲密关系里需要适当的冷静，但绝对不是这种冷漠逃避而又无所谓的态度。唯有积极地直面感情中的问题并解决它，才是有效沟通该有的样子。任何事情都需要把控尺度，冷暴力不可取，而无端地吵架、发脾气也会吓跑爱你的人。

以上几种行为就是爱情里常见的掉价行为，如果你不小心"中枪"，一定要及时改正。认清自己的误区，不在恋爱的路上犯同样的错误，才能走得长远。互相喜欢只是两个人在一起的基础，互相珍惜，才能让感情长久。

约会是爱情的试金石

让爱情过个"安检"是每个人的心愿，人人都向往爱情，期待遇到属于自己的缘分。可当爱情降临时，大多数人又止步不前，因为他们害怕爱错人，表错情。在感情面前，很多女生把仪式感当成检验爱情的唯一标准，结果真正在一起后，却发现两个人的审美观、消费观、生活观，观观不同，关关难过。

《简爱》里提到："美貌只能吸引别人想认识你，真正决定两个人最终在一起的还是人品。"在一段亲密关系里，人品、三观都能直接影响两人的融洽程度和幸福指数。所以想真正确定对方是不是自己的人生伴侣，少不了来一次"质检"。网络流传的"旅行是爱情的试金石"想必大家都听过，其实不必这么复杂，简单的约会也能从细节中看出对方的人品。

众所周知，细节决定成败。比如，一起吃饭时，他对待服务员的态度；两人聊天时，他是否顾及你的感受；遇到突发状况时，他处理问题的方式。一个人的道德、性格、品行等都会在约会的过程中不经意地体现出来。

上周我的助理菲菲兴冲冲地去见了在微信上聊了一年的男神，结果却红着眼眶回来。原来那个微信上幽默搞笑的男神，在现实中与网上大相径庭。约好八点见面，菲菲精心打扮了一番，提前十分钟到达约会地点，结果男神快九点才慢腾腾地赶来。问及原因，男神却不以为然地说："你们女生不是约会都爱迟到吗？我还以为我来早了。"菲菲内心虽然反感，但还是强压了下去。结果上菜不到十分钟，男神直接跟自己妈妈煲起了电话粥，全然不顾及菲菲的感受。

结账的时候男神提出 AA 制，菲菲觉得初次见面吃饭 AA 制很正常，于是欣然答应。男神又问："你要不要发票？不要的话我拿走了，我们公司发票可以报销。你做什么工作啊？工资多少？这种可以报销不？"菲菲如实回答后，男神直接说，菲菲的工资还不如他，还说女人不要太有事业心，反正婚后都是要回归家庭照顾一家老小的。

吃完饭，菲菲借口有事便匆匆告辞了，回家之后立马把男神拉进了黑名单。因为男神线上线下的表现，反差实在是太大了。毫无道理的迟到已经令人不满，话里话外充满对女人的刻板印象，例如女人约会一定会迟到，女人结婚后一定要回归家庭，等等。菲菲虽然不是什么女强人，但也是个有事业心、有责任心的人。这样的三观碰撞在一起，聊都聊不来，更别说恋爱甚至结婚。

看到这儿，可能有人会说，前期大家都不熟，难免磕磕绊绊。有了爱情后，这些问题都可以迎刃而解。但我反而认为，恰恰是前期双方都处于相对清醒的状态，才能更直观地判断自己想要什么。现实生活中，许多人容易被爱蒙蔽双眼，以为只要有爱，就能克服一切障碍，即使在约会过程中对方出现让自己特别反感的行为也能忍受，甚至觉得对方以后会改。

有多少爱情是死于这种盲目乐观？热恋期的你，也许能用一时的快乐来抵消所有的不快，但这样的爱如同饮鸩止渴，一旦热情不再，爱情就剩一地狼藉，还拿什么谈天长地久？那些约会过程中你一直视若无睹的问题，也会在你们结婚后，成百倍放大地作用在你身上。

比如，对方在约会中只考虑自己的感受，完全不在乎你的想法，那你也不用指望婚后他会变得体贴；约会时对方总是以居高临下的态度跟你相处，对你嫌东嫌西，大概率婚后即使你再完美，他都会觉得你做得不好。

人生短短数十年，何必浪费在不适合的人身上？能和三观一致、相处不累的人相知相伴，才是余生最想要的生活。要知道一段健康的两性关系，绝不是委曲求全、自欺欺人，两个人合不合适不能跟着五官走，要看三观。三观不合，不必将就。梭罗曾经说："没有哪个地方有幸福，除非你为自己带来幸福。"当你的择偶标准不再局限于对方的外在条件时，你也就走向了成熟。

因此，把约会当作恋爱的准备工作未尝不可，毕竟实践就是检验真理的唯一标准。要知道，两个人在一起，不仅仅是为了享受爱情的甜蜜幸福，还是一起突破难关，携手前进。所以无论是男生还是女生，请记住，约会时别光顾着快乐，细节见人品。

人类高质量
约会指南

　　爱情里少有天才，多数人都是在失败中吸取经验。网络上经常有段子调侃，人与人之间合不合适，见第一面就知道了，那些当着你的面撒泼打滚的人，记住三个字：赶紧逃。你看，男女双方的吸引，往往取决于第一印象。如果你风度翩翩、举止优雅，自然而然能让对方念念不忘；如果你谈吐粗鲁、急于求成，不可避免地会让对方逃之夭夭。

　　男女间的第一次约会，就好比敲进对方心门的一张入场券，有的人轻而易举就能拿到，而有的人大费周章也不讨好，原因是他们不清楚自己在约会中存在哪些问题。那些经常在约会中被对方拒之千里的人，如果盲目地去展开下一场约会，结果很有可能以失败告终。

　　在我看来，一场高质量的约会应该从多方面分析把控，才能为个人魅力加分。如果你还在苦于约会难，不妨看看我总结的一些约会指南，说不定会有所收获。

一、不要陷在自己的话题里滔滔不绝

　　第一次约会，多数人都会走进一个误区：因为害怕冷场而说个不停，完全不给对方开口的机会，或者一聊到自己擅长的话题就无法停止。这样的沟通方式属于自我沉浸式沟通，你既无法真正了解对方，也没办法让对方由衷地对你产生兴趣。

建议大家在聊天初期，尽可能地多准备一些有趣且热门的话题，在聊天过程中多观察对方的表情。如果对方反应平平或是回答敷衍，基本上就可以停止这个话题，切入下一个了。

还有一种人，喜欢在约会的过程中，为了突显自己的幽默而开一些不合时宜的玩笑。我不反对开玩笑这种约会方式，但是如果对方因为你的玩笑而感到不适，你就应该立即停止并且反省道歉，而不是反过来质疑对方："你怎么这么开不起玩笑？"

二、停止一切自我感觉良好的行为

有些人在约会过程中急于表现自己，恨不得把自己的优点全部抖搂出来，殊不知夸耀的话从自己嘴里说出来就不值钱了。记住，约会时适当地展现自我优势可以加分，但是反复炫耀难免会给人自大过头的感觉，要知道电视剧里的男主可不会自己说："我是某某集团的独生子，英俊多金，姑娘们都爱我……"

想要第一次见面就给对方心里种下爱的种子，不妨在约会之前打听一下女生的兴趣爱好，比如爱冒险的可以试试带她去坐过山车，喜欢文艺的可以约她去看电影或者逛展会。投其所好，成功概率会更大，切忌以自己的喜好给别人下定义。

三、别把约会变成户口调查

我见过许多人，第一次约会整得跟户口调查一样，一开口就问："你在哪儿上班啊？工资多不多？你跟前任为什么分手啊？你觉得前任怎么样？"又或者："你父母有没有工作？家里还有什么人？你为什么不找对象？"这种压迫式的约会聊天，只会让人想起每次回家被长辈围在一起"严刑拷打"的感觉，谁听了不想立马走人呢？

聊天中有一门艺术，那就是不给别人添堵。如果你真的很想了解对方，一定要学会旁敲侧击，或是婉转地开口，不要一上来就是一连串的提问。而且要记住，在彼此不太熟悉的情况下，不要问一些涉及隐私的话题。

四、请勿跟对方辩证逻辑

《遥远的救世主》里说："女人是形式逻辑的典范，是辩证逻辑的障碍。"这里不是戴着有色眼镜看待女人，事实上这就是男女的思维方式不同所导致的。

男人是理性动物，习惯于通过逻辑去分析对方的行为，而这种方式对女人来说显然是无用的。因为女人是感性动物，只有当一个男人触动她的内心和情绪时，才能让她深层次地陷入爱情。女人讨厌和男人辩证逻辑，比如，当女人和别人发生冲突的时候，男人想的是为什么会发生冲突，而女人想的是男人能够无条件地站在她这边，哪怕什么都不说，这也是一种精神上的选择。

所以当男人和女人就某一个问题产生分歧的时候，男人应该多从感性的角度去安抚女人，而不是站在理性的角度去苛求女人。

五、不要急于确定关系

多数人约会时会产生这种错觉，见一次面，就觉得对方是自己的命中注定；聊一次天，就觉得自己和对方相见恨晚，于是立马想和对方确定关系。实际上，这股冲动的劲一过，你就会发现其实两个人也没有那么合适。

在不够熟悉的前提下，确定男女朋友关系是很不牢靠的。如果真的对对方心存好感，不如从朋友做起，再认认真真地考虑彼此是否合适。老话说得好："慢慢来，比较快。"

总结一下，约会说难不难，说简单也不简单。要时刻记住，约会是一项双向的互动游戏，不要过度沉溺于自我世界，要了解对方的各种兴趣喜好，知己知彼，才能让约会的过程更加顺利。当然，保持真诚也很重要，在这个遍地都是爱情套路的时代，走心才是最硬核的套路！最后我想说，爱情，宁缺毋滥，约会的同时，你要去观察对方是个什么样的人，判断对方是不是自己要寻找的"完美伴侣"。

未必一见如故，
但能一见钟情

　　知乎上有个提问：是不是年纪越大，就越难爱上一个人？有一个回答是这样的：我们不是越来越难爱上一个人，而是越来越知道自己究竟爱什么样的人，适合什么样的人，也越来越能分辨什么是爱。

　　朋友的女儿上周刚从一家 996 公司离职，原因很简单，她担心自己没时间出去认识异性，没机会谈恋爱。因找不到对象而辞职乍一听像网络段子，但不得不承认，脱单已然成为现在年轻人普遍焦虑的问题。因为大多数人忙于工作，社交圈子小，没有机会认识异性，所以相亲似乎成了他们最后的选择。

　　但"通过相亲能找到真爱吗？"这一问题在各大社交平台上出现的频率也越来越高。关于这个问题，我的回答是："能！但还要看你怎么做。"虽然相亲失败的例子有很多，但在现实中，我也见过不少在相亲里遇见真爱，最终修成正果的。总结起来，这些幸运儿有个共性：他们对相亲保持开放的态度，不狭隘反抗，也不刻意追求结果，只是把它当成交朋友的机会。这类人特别容易被丘比特之箭射中。

　　当然，刚认识的两个人大部分还是基于微信进行交流，那么如何在聊天中把握分寸，让对方提升对自己的好感度，甚至聊出相见恨晚的感觉，还是有一定的技巧的。

一、避免问号型开场

第一种是大多数单身直男最喜欢用的问号型开场白。例如："在吗？""能和你聊聊天吗？"这种看似很有礼貌，实则是在说废话。人家都通过你好友申请了，就代表愿意和你聊天，你再问这些问题就显得很刻意了。

再者，一般人遇到这种开场白，总觉得你有话没说完，导致你在等，对方也在等，等到后面没回复了就不了了之了。所以开场白还是简洁明了为好，直接"你好"就可以，也可以再配上个表情包，礼貌又不失尴尬。

二、避免油腻型开场

有一种男生明明跟你还不熟，就一口一个"美女"地叫。据我了解，大多数女生都不喜欢被男生直呼"美女""小姐姐"等，如果一定要加称呼的话，可以是××先生／小姐／女士。

三、避免大段简历式的自我介绍

其实我特别能理解这种介绍，无非是想让对方更直观地了解自己。但你要明白，这是在聊天，不是在找工作。一开始就将底牌都亮出来，不仅让人觉得目的性太强，也让人失去了继续探索你的欲望，自然就没有后续了。

四、一口吃不成个胖子

心急吃不了热豆腐的道理我们都听过，在感情中也一定要谨记这一点。有个很典型的例子。认识的第二天，女生问男生："你觉得我是个什么样的人?"男生回答:"适合做我对象的人。"可能不少人的第一反应是觉得他的回答很棒、很机智,实则随便乱用土味情话是会有巨大漏洞的。仔细想想,你们才认识一两天,连面都没见过,你就确定对方是你一生的伴侣,这无疑是在告诉对方自己饥不择食、为人轻浮。

五、投其所好,对症下药

很多人说自己不会聊天,是因为他们无法摸清对方的喜好,甚至无法分辨对方是否对自己说的话题感兴趣。其实想要知道对方喜欢什么很简单,你可以通过他的朋友圈内容进行分析。此招行不通的话,可以试着聊聊双方共同的兴趣爱好,如旅游、美食、健身等。值得注意的是,当对方频繁回复"嗯""哦""知道了"等不超过六个字的句子时,就说明他已经对你所说的话题不感兴趣了,这时候你就应该识趣地终止话题了。

六、双向奔赴的恋爱才有意义

想要脱单,就要适当花费时间和精力,可偏偏有些人一面想找对象,一面又故作清高。天天坐等别人来找你,只要对方不找你就认为他不喜欢你(不要以为只有女生会这样,很多男生也会如此)。关于这种人,我只想说:行动起来,才有可能!

最后再来总结一下聊天的技巧。

开场白:越简洁越好,避免简历式自我介绍。

聊天过程:尊重对方的想法,切勿自说自话。

聊天节奏:顺其自然,切勿把开黄腔当乐趣或代入霸道总裁剧情。

话题衔接:从对方感兴趣的话题入手,发散思维。

　　重中之重：想找对象还是要花时间，花精力，适当主动。

　　培养感情并不难，最重要的是活用正确的方法，每个人的情况不一样，使用的方法也不一样。套用公式很容易，但是要用好不简单，只有符合你们情况的方法才能走得长远。时刻保持真诚的内心，别急着去否定对方。一见钟情很难遇到，但你可以通过沟通技巧达到一见如故的效果！当两个人相聊甚欢时，便预示着你们离爱情近了一步！

Chapter 2

爱的初评
——爱情来得刚刚好

有人懂你的奇奇怪怪，也能陪你可可
爱爱，这才是爱情里最舒服的相处
模式。

愿得一人心，
白首不相离

每当谈论起爱，人们的憧憬大都一致：一屋，两人，三餐，四季。爱是日升之时，睁开眼睛，喜欢的人与阳光同在；爱亦是日落之时，闭上眼睛，一双温暖的手把你拥入怀中。如果爱情同食物一样，需要在醒目的位置加上保质期，我想绝大多数人会写：一辈子。

即使在快餐式恋爱盛行的当下，有人玩世不恭，不把爱情放在眼中，但依旧有人认真寻觅，只为写下余生共一人的佳话。几年前，在一次相亲活动中，一位女士问我："世人都在追求不朽的爱，可究竟什么样的爱才能经得起天长地久的考验？"仔细观察身边幸福的情侣，他们的爱情往往都有这样的特征。

一、爱一个人，真心至上

真心，不是普通的一句话，不是一句台词，它代表着我深思熟虑之后，决定和你携手一生，一生只此一人的慎重承诺。

同窗阿珍十三年前嫁去广州的时候，对方只是一个家境平平的愣头小子，不高也不帅，没钱也没权。这小子在阿珍的一众追求者里面，逊色程度可不止一分两分。家里不太满意，劝阿珍再考虑考虑。阿珍却铁了心要嫁，她说："这回就是天皇老子拦我，我也要嫁；就是有亿万富翁给我选择，我也要嫁。"

同学起哄，问起阿珍如此笃定的原因，阿珍笑了。原来，当初阿珍为了考验追求者们，故意对他们说，自己家里遇到了困难，需要一大笔钱周旋。听到这儿，不少追求者开始犹豫。唯有这个广州小子，二话不说地拿出自己的存折，强塞到了阿珍手上。

你们有没有发现，爱情有时候就像去花园里采花，大家都想摘最漂亮的那一朵。但如果这朵花前面有一个水坑，一片荆棘，不少人就会停下脚步，转头看向别的花朵。这是因为人们在爱情里面是有选择的，这朵花摘不到，就选择摘另一朵，只有真心喜欢这朵花的人，才会自始至终都选择同一朵。

真心在爱情里面，是女人的一项必备考量标准。曾经在一项 37 种文化的跨国研究中，受访者对未来配偶的 18 种个人特征进行评分。调查结果显示，女人对配偶的选择，首先是爱情，其次是可靠性。男人越真心，他的可靠性越大。

爱一个人，不是权衡利弊之后的选择，是本能，是天性。在爱情里，能让一个姑娘死心踏地追随的，不是钱财，而是真心。很多时候，人们都低估了一个女人对爱情的渴望，女人从来不要求自己的男人要家财万贯，但一定要真心相待，懂得心疼自己。大富大贵，锦衣玉食，是女人追求的一种幸福，但被人宠爱，真心对待，也是女人期待的幸福。

二、三观相投，兴趣一致

有人说："相似的人适合一起玩闹，互补的人适合一起变老。"而这绝非爱情唯一的模样，相似的人同样适合一起变老。

我身边有一对特别幸福的情侣，两个人谈了六年恋爱，即将迈入婚姻的殿堂。他们形容彼此就像是世界上的另一个自己。他们说，遇见彼此之前，特别担心在恋爱关系中冷场；但遇见彼此之后，才知道两人可以有聊不完的话题，停不下来的笑声。两人三观相投，所以会坚定不移地站在彼此身边；两人目光一致，所以会在漫漫未来中始终看向同一个地方。

想象一下，如果在一段感情里，你喜欢吃素，而对方喜欢吃肉；你喜欢黑夜，而对方喜欢白天；你喜欢看喜剧，而对方喜欢看悲剧；你们坐在一起，完全聊不到一块，睡在一张床上，各想各的心事。

你根本不想去迁就对方的喜好，而对方也没有兴趣去了解你的圈子，这样强扭的爱情，势必走不长远。兴趣和三观，是爱情里很重要的两个东西。兴趣决定两个人是否能走到一起，三观决定两个人是否能走得长远。

遇到三观相投、兴趣一致的人，才能拼凑出爱情最可爱的模样：你说出的话，他都能听懂；你抛出的"梗"，他都能接住。有人懂你的奇奇怪怪，也能陪你可可爱爱，这才是爱情里最舒服的相处模式。

三、互相尊重，互相包容

我很喜欢把爱情比喻成天平，两个相爱的人各坐天平的一端，需要彼此尊重，相互包容，才能维持天平的平衡。但恋爱中往往会出现这种情况：你越想表达爱意，越容易弄巧成拙；越想掌控对方，越容易失去对方。

几年前，我去外地出差，参加一个商业活动，同行的还有一对80后的情侣。两人从旅程开始，前前后后吵了不下十次。

女方有些行为强迫症，坐着的时候，不允许男方弯腰驼背；吃饭的时候，不允许男方发出声响。一旦男方违背了女方的意愿，随之而来的就是女方的抱怨。后来男方实在忍不了了，随口反驳了女方几句。这下可好，女方的情绪变得激动起来，她声泪俱下地指控男方："你根本就不爱我，这点小事都不听我的。"男方则理智地回复："你都不尊重我，让我怎么爱你？"

我相信这两个人走到一起，肯定是因为爱。但是爱并不意味着掌控、任性和强行改变彼此，比如女方事事从"我"的角度出发，丝毫没考虑男方愿不愿意。这种强行把自己的想法输入对方身上的行为，不叫爱，叫作霸道、不尊重，而这份不尊重会让爱情产生波折，最后变得支离破碎。

《论语》里面有一句很经典的话："己所不欲，勿施于人。"爱是成全对方成为他想成为的人，你要尊重对方的个性，要包容对方偶尔的不如你愿，毕竟一份好的感情，不是去改变对方，而是去接纳对方，在互相尊重和体谅让步中，让这份爱走得更加长远。

有一种男人，
只想恋爱不想结婚

他可能没那么爱你。

你可能经常听到周围的人说，"不以结婚为前提的恋爱都是耍流氓"，那你也一定见过这些"爱情流氓"，他们在感情里，一边说着爱你的话，一边拖着你不肯结婚。

我曾收到一封倾诉邮件，发件人是一个名叫安琪的女孩。遇见爱情那一年，安琪 23 岁，一场盛大的森林音乐节，将她与何树的命运紧紧连在一起。春天飘荡的晚风中，跳跃的音符烘托着浪漫的氛围，台上的歌手温柔地唱着"我就要和你在一起"，台下的何树趁机握住了安琪的手，两人就这样确定了恋爱关系。

安琪一度以为，她和何树是天造地设的一对，两人都喜欢音乐，喜欢烟花，喜欢晚风，他们看向彼此，眼里都是柔情。何树常说，跟安琪谈恋爱是一件快乐的事。这句话不禁让安琪陷入对未来的幻想中，她盼着和何树，从恋爱到婚姻，从两个人到三个人，能这样一直快乐下去。

但何树似乎很抗拒婚姻，每次安琪提出让何树去见见自己家里人的时候，一向温和的何树就会变得反叛，并且以各种理由推托。安琪一直以为是恋爱时间短，何树没有准备好，于是她等了三年又三年，可何树依旧没有结婚的打算。

而此时的安琪已经年近 30 岁，慢慢失去了年轻貌美的优势，再不结婚，家里人就该催了。安琪自己也急，忍不住问对方："你到底准备什么时候娶我？"

这一问，把何树也问蒙了。何树说自己从来都没想过结婚，他只想谈恋爱。那是安琪第一次在何树面前失态，她觉得自己付出了那么多年的青春，就好像做了一场梦，梦里的画面很甜很美，可是梦醒的时候，空空如也。如果恋爱的尽头不是婚姻，那又是什么？安琪始终也没想明白，为什么一个男人口口声声说爱你，跟你在一起很快乐，但一提起结婚，他就开始推托、逃避？

故事的最后，安琪说了分手，对方沉默着，没有再挽留。其实为一个人戴上婚戒，只需要三秒的时间，而安琪等了六年也没等到。讽刺的是，在安琪离开后的一年，何树迅速和另一个女孩举行了婚礼。

爱情本就是人间的一团火，路过的人只看见了烟，只有身处其中的你才知道，这团火有多么炙热和浓烈。所以有时候，即使对方说了"不想结婚"这种话，你也会赌上全部的耐心再等等，直到这段感情惨淡收场，你才会幡然醒悟：原来对方不是不想结婚，只是他想结婚的对象不是你。

有一部很出名的小说，叫《霍乱时期的爱情》，故事讲述了一个名叫阿里萨的青年，对富家千金费尔明娜一见钟情，并展开了疯狂追求。但是由于费尔明娜父亲的反对和其他种种原因，最终费尔明娜选择离开阿里萨，嫁给了一名医生。

为了与费尔明娜再续前缘，阿里萨等了五十多年。其间，他见过许多不同的女人，经历了各种各样的爱，可始终没有一个女人能让阿里萨产生结婚的念头。直到费尔明娜的丈夫去世，阿里萨才有资格再一次光明正大地站在费尔明娜身边。

我还记得老年时期的费尔明娜在游轮上问阿里萨："我们还要漂泊多久？"阿里萨毫不犹豫地回答："一生一世。"你看，一个男人如果足够爱你，一定会想尽办法把你留在身边，不管他见过多少风景，遇到多少女人，唯有你，才是他所有旅途的终点。

在结婚这件事上，很多人喜欢把男人和女人区分开，觉得男人就喜欢自由，不愿被婚姻绑住手脚，只有女人才渴望家庭，愿意好好经营婚姻。其实在爱情里，男人和女人同样憧憬婚姻。能让一个男人感到骄傲的事，除了名声大噪、事业有成，还有让心爱的女人为自己穿上洁白的婚纱。

男人想要结婚的话，根本不用等你开口，他会把你放在未来的计划内，他会让你成为法律认定的唯一伴侣，他会觉得跟你在一起，结婚比恋爱更好，如果没有的话，原因大概率是：他没有那么爱你。

不想结婚和暂时不想结婚是有区别的

为什么人恋爱久了，一定要结婚？

我听过一个很好的回答："为了这跋山涉水、风尘仆仆的一生，能够名正言顺地陪在一个人身边，吃着他做的饭，享受他给的爱。当夜幕降临，万家灯火，你的心里不会流露出一丝羡慕，因为你知道，有那么一盏灯为你而亮，有那么一个人等你回家。"

朋友跟我讲过一个故事，一对情侣相恋多年，女方想要结婚，但是男方不赞同，女方以为男方不想负责，一气之下跑回了老家。男方去哄女方的时候解释，自己并不是不想结婚，只是现在还没有结婚的计划，希望女方再给他一点时间。

女方半信半疑地答应了。一年后，男方买了房，觉得各方面时机都成熟了，果真兑现了承诺，与女方高高兴兴地领了结婚证。男方说，结婚有时候需要一个契机，你要有足够的经济实力，要有对抗婚姻风险的能力，不然只有爱情，是无法与心爱的人走到最后的。

当女孩在恋爱中，觉得差不多是时候结婚了，而男人选择拒绝的时候，一定要分清楚，男人说的不想结婚，究竟是不想跟你结婚，还是暂时不想结婚。我们之前说了，男人不想跟你结婚，大概率是没那么爱你；而男人暂时不想结婚，是因为他跟你的人生节奏不一样。在某一阶段，女人迫切地想要爱，而男人则想要拥有为爱情买单的能力。

约翰逊说："只为恋爱而结婚的人其愚无比。"

当一个男人一无所有的时候，他是不忍心让心爱的女孩跟着自己吃苦的，哪怕女孩愿意，男人也会觉得丢脸。对负责的男人而言，结婚不像恋爱，一股脑上头就可以拍板决定，结婚是做好万全的准备，才敢让对方与自己共度余生。

对方爱不爱你，有没有打算与你结婚，其实女人是能够感觉出来的。如果你确定了对方最后会与你步入婚姻，不要着急，相信一切都会有的，只要你们两个万事俱备，东风一定会吹来。

飞蛾扑火的爱情，
你想好了吗

爱情是无法用理智的方法来判断的，不少人一旦陷入爱情，就会不顾一切地奔向对方。幸运的人，会与相爱的人走过风雨，相伴一生；不幸的人，会与深爱的人纠缠撕扯，备受折磨。我一直认为，婚姻不是一场博弈，而是深思熟虑之后的慎重选择。

恋爱的时候，我们每个人都渴望自己的另一半能得到父母和亲朋好友的认可和祝福，可一旦身边的人提出反对意见，你的内心一定会被纠结和矛盾填满。父母与爱人之间，亲情与爱情之间，孰轻孰重？这是一个让人难以抉择的问题。不被祝福的爱情，因不顾一切而显得轰轰烈烈，也因不计后果而付出惨重代价。那么，不顾一切的爱情，你真的做好准备了吗？

曾经有一位名叫雅涵的女性咨询者，跟我讲述了她的感情经历。雅涵跟男友是高中同学，大学毕业后，男友进了当地的一家外企，而她则考上了老家的公务员。起初异地恋，他们感情稳定，不用刻意迎合，恰当的距离产生了恰到好处的美。可渐渐地，雅涵发现事情有点不对劲。男友开始三天两头找不到人，在一次争吵中，男生说外企工作忙，压力大，真的很累。听到男友这番话，雅涵不再说话，默默地心疼着对方。没过多久，雅涵便决定辞职去男友的城市。可雅涵爸妈听说后坚决反对，认为女儿太不理智，放着铁饭碗不要，非要远走他乡去吃苦。但雅涵执意要跟男友在一起，爸妈拗不过，只好同意。

细节打败爱情，这句话已经被无数对情侣验证过了。和男友同居后，雅涵落差感极大，因为日子跟想象中的完全不一样。两人三天一小吵，五天一大吵，生活习惯互相看不惯。雅涵花钱大手大脚，不懂节制，男友不爱收拾卫生，比较邋遢。另外，工作也没有雅涵想象中好找，她处处碰壁，半年过去，至今还只是一个小机构的前台。两个人的生活支出基本压在男友一个人身上，而关于两个人的未来，男友却只字未提。

面对雅涵的抱怨，我问她："既然这么痛苦，为什么不分手呢？"雅涵说自己也想过分手，但一想到自己为了爱情牺牲那么多，如果分手，那她将一无所有。这么一想，又作罢了。

其实，我能理解雅涵的犹豫与后悔。有时候让人失望的爱情，并不是对方不够好，而是自己的付出，在对方身上看不到希望。

我并不是反对义无反顾的爱情。我只是想提醒，如果没有十足的把握和全身而退的能力，就不要轻易为任何人不顾一切。当然有人会说，爱情就是不理智的。确实，爱情的魅力在于不可控，但也正因如此，在恋爱这件事上，更需要感觉与理智的平衡。油然而生的爱情势不可当，但享受爱情美好的同时，也需要时刻保持清醒，保持理智，才不至于最后失望或受伤，否则你将很难去承担不好的后果。

你可以为了一个人抛弃现有的生活，背井离乡。但前提是确保自己的工作和生活，不会因为对方的存在或离开而发生翻天覆地的变化。你要有足够的资本和底气把生活过好，才有资格为爱情飞蛾扑火。不然，你不顾一切的牺牲和无节制的付出，只会在无形中化成巨大的压力，最终把两个人都压垮。当然，如果对方把你所有的付出视为理所应当，那你的委屈和累都只能往自己肚子里咽，你的牺牲和付出也将变得毫无意义。

人，可以为了爱情一时糊涂，但终归要清醒地成长，清醒地往前走。虽然人们总爱说，自己可以为了爱赴汤蹈火，但到头来才发现，其实自己连洗个杯子、倒杯水都嫌麻烦。仔细想想，生活中哪来那么多为爱不顾一切的牺牲？那些口口声声说自己心甘情愿、付出不求回报的人，真的就不求回报吗？爱情中那些嘴上说着不要的人，内心却向对方要求同等的爱。换个角度想，这何尝不是一种可怕的要挟？人都是自私的，你付出得越多，你所期盼的回应就越多。

不顾一切地牺牲，绝不是爱的首要条件。爱情是没有尊卑的，没有谁一定要做出牺牲，也没有谁一定要为牺牲做出回应。任何能够长久走下去的爱情，都是平衡的，是建立在自尊自爱的基础上，是对彼此的欣赏和尊重。飞蛾扑火，不顾一切地付出，听起来像是深爱，放到生活中却不现实。当你为一个人付出一切，将对方视作生命的意义时，自己原本的光辉也会变淡，直到最后失去魅力，失去被爱的价值。

你要明白，有时候父母和身边人的"不看好"，其实是一种过来人的风险提示。面对这些"反对的声音"，我们不需要绝对遵从或违背，但可以将其视为一种参考或者检验。毕竟爱情除了勇敢和激情，更需要智慧。因此，无论爱得多浓烈，请在爱情里做一个清醒的人。爱时用心待人，爱错及时止损，不辜负往后余生。

懂爱的你，
跟谁都会幸福

为什么你那么漂亮，却还是孑然一身？

为什么你那么努力，却总是遇不到对的人？

为什么你那么优秀，却无法留住伴侣的心？

答案其实很简单。那就是不懂爱。不懂爱的人，无论爱得多投入，到头来都是做无用功，付出得越多，对方越是看不上。不懂爱的人，无论谈几次恋爱，到头来依然分不清自己真正想要的是什么。如果说，世界上有一种人，他们无论选择谁，跟谁在一起，最终都会过得幸福快乐，那么，他们一定是懂爱的人。

最近，有个叫 CC 的咨询者跟我说，她对相亲彻底失望了，她认为靠相亲肯定是找不到对象的。其实她和很多男生相亲过，也和几个男生相处过一段时间，可没有一个让她觉得合适。CC 一脸憋屈地问我："单身的人这么多，为什么我却找不到一个合适的？"

其实我也很纳闷，CC 外表甜美，身材苗条，喜欢练瑜伽，做烘焙，有时候还会去参加一些线下读书会活动。这么一个积极向上的女孩，怎么就找不到一个合适的人呢？难道广大单身男同胞的审美都变了吗？

面对我的疑惑，CC 说，她曾经也遇到过几个让她心动的男生。其中一个相处不到半个月，CC 发现他是一个宅男，整天就知道打游戏和上网，没有上进心。另一个男生各方面都不错，积极上进，性格也好。但第二次约会时，CC 发现男生不懂吃西餐的礼仪，毫无情趣。其他的男生就不用说了，有的太"直男"，有的不细心，有的很不绅士，有的长相和身高就不是她喜欢的类型……

听了 CC 的话，我好像明白了她为什么一直找不到一个合适的伴侣。因为她想要的，是一个像偶像剧男主般完美的恋人。可我们都知道，现实中根本就不存在完美的恋人。

我们常常只顾着去评判别人适不适合，却忘了在感情中，更重要的是懂得如何去爱。就像你埋头在麦田里，一心想找到那棵最大的麦穗，结果只会像苏格拉底说的那样："这块麦地里肯定有一棵是最大的，但你未必能碰见它。即使碰见了，也未必能做出准确的判断。"

不懂爱的人，不但连自己的需求都不清楚，而且不懂得处理两性关系，这种人什么都不懂，还怎么谈爱呢？对于这样的人，就算是理想当中的完美恋人主动找上门，结果还是会错过。

那么，如何成为一个懂爱的人？

首先，爱自己是终生烂漫的开始。蒋勋曾说："生命里第一个爱恋的对象应该是自己，写诗给自己，与自己对话，在一个空间里安静下来，聆听自己的心跳与呼吸。我相信，这个生命走出去时不会慌张。"你要学会在一个人的日子里，满怀期待，热爱生活，不要颓废，不要抱怨，发自内心地去享受每一天。你可以多看书、多健身、多去参加集体活动，你得有一颗接纳别人的心，也要有一扇抵御悲伤的门。

另外，你要试着去发现对方的闪光点和可爱之处。每个人都有自己的长处，你要用心观察。他也许性格沉闷，但为人踏实，在你需要他的时候他从不缺席；他也许经济拮据，但对你很大方；他也许不够帅气，但灵魂有趣；他也许不善言辞，但把"我爱你"付诸行动。不要急着去淘汰一个人，给对方时间去展示，给彼此时间去了解。

最后，如果对方表现得比较被动，你要试着主动去引导，前提是你能感受到他对你有爱。他不够浪漫，你可以主动制造浪漫；他不够温柔，你可以在合适的时间加以提醒；他将生活过得平淡如常，你可以将生活装扮得如诗如画。这个过程不仅可以让自己开心，还能潜移默化地改变对方。

这个世界上，从来就没有天生好命这一说，但多的是通往幸福的方法。想要怎样的爱情就去争取，想要怎样的人生就去创造。如果可以，我希望你从此刻开始，看清自己的真实需求，同时认真地学习如何去爱，如何处理自己与自己、自己与伴侣的关系。要知道，懂爱的你，会爱的你，跟谁都会幸福。当你成为具有超高"爱商"的女人时，无论跟九十分的人谈恋爱，还是跟六十分的人谈恋爱，最终都会交出一百分的答卷。

爱要长在阳光下

爱你的人，生怕给你的不够。不爱你的人，就怕你要求太多。无论何时何地，年轻男女的爱一定是炙热的、浪漫的、坦诚的。双向奔赴的爱情就像乘法，只要其中一项为零，其结果永远为零。

有个女性咨询者曾向我倾诉，男朋友在恋爱两年里，从不带她去见自己的朋友，也从不在朋友圈发她的照片，更过分的是在街上遇见熟人，男朋友也只是用"朋友"称呼她。她每次问起男朋友为什么不在朋友圈公开恋情，对方总是搪塞说，爱情又不是谈给别人看的。这段不被公开的爱情，让她很没有安全感。

那天女孩问了我三个问题：

是不是我不够好看，不够优秀，他怕丢人？

他是不是怕谁看见，我只是他的备胎？

我还要不要和他继续恋爱？

在她身上，我看见了很多咨询者的影子，他们卑微、胆怯、没有安全感，把我当作他们感情唯一的救世主，觉得我一定有办法帮助他们解决所有的问题，于是狠狠抓住我这根稻草。说实话，我一直希望我能帮助所有咨询者变得更好，而不是更糟糕。是的，如果我安慰你，有的人表达爱的方式就是不一样，然后让你对对方迁就一点、包容一点，那么我肯定那段感情可以继续维持，但我想问，你自己快乐吗？

"快乐"在爱情中尤为重要，恋爱的时候本就应该手挽手漫步在夏日的海边、冬日的阳光下，然后望着彼此乐呵呵地傻笑。这一切都应该是明朗而可爱的，而不是隐秘而复杂的。一个真正爱你的人，巴不得告诉全天下"你是我的"，巴不得让身边所有人都知道你的存在，巴不得把所有好的东西都给你，而不是藏着掖着，给你设定那么多的条条框框。爱情本就应该是长在阳光下，灿烂美好又温暖的。

其实发不发朋友圈、公不公布恋情这件事情也能从侧面看出两人感情发展的程度。这位女性咨询者的问题不难，简单来说，还是要看对象的性格，具体事情具体分析。

如果你们交往的时间还不够长，感情还不够稳定，可以再给他一段时间，一般不要超过半年；如果这个人平常就不爱记录生活，不爱发朋友圈，为人比较内敛，但他对你的好是落在实处的，那么发不发朋友圈真的没那么重要；如果这个人平时就是很张扬的人，天天更新朋友圈，天天发跟朋友、同事聚会的照片，唯独没有你，那就没什么好说的，赶紧分手；如果你们恋爱很多年，他不仅不发朋友圈"官宣"，也没有带你见朋友和父母，十有八九，你是备胎，或者你还没有列入他结婚对象的范围，遇到这种人要慎重考虑，切莫耽误青春。

一定要记住，任何时候都不要自我怀疑，不是你不够优秀，而是他配不上你的好。

说到这里，突然想到我们公司有个叫菁菁的女孩，跟我分享过她的一段地下恋情。她的前任成熟稳重，有着儒雅大方的谈吐、洞悉世故的阅历和雄厚稳定的经济能力。他什么都好，唯一的缺点是：已婚。当然，恋爱前菁菁根本不知道他有家庭，但深陷之后，却无法自拔。那段恋情让她从一个坦荡、阳光的女人，变成了一个阴郁、敏感的怨妇。她每天都在自我责备和自我安慰中来回游走，极度痛苦，后来她受不了良心的谴责，选择了离开。

老实说，面对这么一个温情款款、体贴入微，还带你见世面的男人，姑娘们很难不动心。但这种见不得光的感情始终是偷来的，结果大抵是不得善终。因为快乐是会长眼睛的，你拥有了不该拥有的快乐，就一定会失去不该失去的幸福。如果你没有站在阳光下谈一场温暖舒适的恋爱，那么很遗憾地告诉你，他并不适合你。

世间每个女孩子都期待在一段激滟时光里，有一个人爱你如生命，把你放在心尖上疼。真正爱你的人，一定不舍得把你放在阴暗的角落。那些不被肯定、见不得光的感情，要及时止损；那些从不顾虑你的感受和心情的人，要趁早远离。有来有往、有始有终的感情，才值得拥有和珍惜。

趁着年华昭昭，去谈一场干净温柔的恋爱，它或许没有那么轰轰烈烈，但会时刻让你踏实，那种感觉就像寒冷的冬夜里，身上那床刚被阳光晒过的被子，温暖舒服，然后一夜好梦。人生道路漫漫，擦亮眼睛，行可做之事，爱可爱之人，你总会遇到对的人。

Chapter 3

爱的初考验
——我在爱情中开了小差

不论是善意的还是恶意的谎言，说多
了就会让爱情里生出小刺，随着量
的积累，再好的爱情也会变得千疮
百孔。

爱情，需要一点"危机感"

哈佛商学院教授理查德·帕斯卡尔曾说过一句名言："没有危机感，是你最大的危机。"工作、生活需要危机感，两性关系中更需要危机感。很多人的感情看似岁月静好，但实际上早就平淡得如一潭死水，曾经的甜蜜与美好早就消失殆尽，剩下的只有厌倦和疲惫。两个人之间仿佛有一把无声的钝刀，一点点地切割着彼此的感情，虽然不能一刀致命，却刀刀见血。人们常说，恋爱中需要安全感，但我想说，恋爱有时候更需要制造一些危机感。

男人是天生的狩猎者，你一跑他就追上来。捕猎的时候男人会打起十二分精神，在没获得你的芳心前，你就是他的猎物，所以他们会对你百依百顺，就连天上的星星都肯为你摘下来。可当猎物到手后，意味着他们的狩猎行为结束了，自然也不会再花太多心思在你身上，这个时候别说摘星星，就连陪你看星星他都会说没时间。你看哪个渔夫把鱼钓上来以后，还会给鱼喂鱼饵的？所以，注入新的活力，再次激发他的斗志才是关键。至于如何注入，我们先来看一个故事：

挪威人喜欢吃沙丁鱼，尤其是活鱼，市场上活鱼的价格要比死鱼高许多。但沙丁鱼生性喜欢安静，绝大部分沙丁鱼在运输过程中因窒息而死亡。为了保持它们的鲜活，让更多的沙丁鱼活着回到渔港，有人将捕食沙丁鱼的鲇鱼放入了鱼槽。结果沙丁鱼被激发出求生本能，为了躲避鲇鱼而不断游动，这样一来沙丁鱼缺氧的问题就迎刃而解了，这就是我们所说的"鲇鱼效应"。

这个方法在两性关系中也很适用，无论两个人前期的爱情有多甜蜜，随着时间线的拉长，彼此间都会不知不觉地减少不必要的精力支出，例如，减少见面次数，忽视对方的需求。尤其对男人而言，当他成功地将你收入囊中后，就没有了危机感，如同处于舒适环境中的沙丁鱼，安于现状，没了激情和斗志。这个时候就需要运用"鲇鱼效应"，通过其他个体的介入，对原本稳定的情感起到威慑作用，这样才能激发他的斗志，让爱情重新甜蜜起来。

晨星就运用这种方式重新唤起了男友的激情。晨星和男友恋爱三年多，刚恋爱那会儿，男友每天雷打不动地发早安、晚安，可时间一长，男友变了，不仅没了早晚安，就连消息都不回复了。两个人的时间总是因为各种原因凑不到一起，从一周见五次，到如今的一周见一次都难。

后来晨星去了一家 MCN 机构，很多同事都是公司签约的帅哥博主。晨星偶尔会在朋友圈发一些和帅哥们的工作照，有时还当着男朋友的面，跟其他男生聊一些工作上的事情。虽然晨星没什么过分的举动和言语，但在男朋友眼里却有点暧昧。之后，男朋友变得殷勤起来，遇到节日都会主动送花、送礼物到晨星公司，每周有时间还会去接晨星下班，恨不得向全世界宣告主权。

所以你看，很多感情看似是一潭死水，但通过一些外部的刺激，同样可以唤起内部的活力与激情。但值得注意的是，制造危机感千万不能越界，小心弄假成真，得不偿失。所以一定要把握好尺度，要让他清楚你很爱他，并且忠诚于这段感情，也要向对方暗示，你不是非他不可。另外，当两个人进入倦怠期，如果没有其他个体介入，也可以在内心设定一个假想对象，让自己处于"竞争"中，这样做同样可以重拾激情，让彼此的关系更为紧密。

除了给对方制造危机感，更重要的一点是经营好自己。爱一个人爱到七分就好，留下三分给自己。因为人性是复杂的，太容易得到的东西，都不会被珍惜。你要有自己的社交圈，偶尔精心打扮一番后出门，让对方不自觉地想，她今天打扮得这么漂亮，会不会引来追求者，从而产生危机意识。

最后还是想告诉大家，在爱情里制造危机感不是为了让你每天提心吊胆，而是让你明白，无论爱情走到哪个阶段，都是需要好好经营的。有些人在追求爱情的时候，会费尽心机，一旦得手，便觉得可以高枕无忧了，就像爱情在你心里刚刚种下种子的时候，你为了让它开出花来，精心地施肥浇水，一旦达到内心的预期，你便会产生懈怠。所以，千万不要忘了呵护爱情这朵娇艳的花，不然再好的花园也只会杂草丛生，一片荒芜。

有些话，
听者有意，说者无心

男人和女人，天生就是诗人，只要陷入爱情，任何优美的诗词都能在大脑中信手拈来。可一旦这两种人生起气来，诗人就变成了糙汉，浪漫就变成了写实，吟诗作对也变成了指桑骂槐。

马歇尔在《非暴力沟通》中说："愤怒驱使我们去惩罚他人。"人们在恋爱的过程中，无可避免地会产生争吵，由于肾上腺素的飙升，他们在愤怒的时候往往会失去理智，从而不自觉地说出一些带有攻击性的话语，也许他们不认为这些话语是具有杀伤力的，但实际上，说者无心，听者有意，有些话语确实正在给亲密的人造成伤害。

同事跟我讲过这么一个例子：一位个子矮小的男人，从小就被人开玩笑地叫作"矮冬瓜"。长大后，家里人给男人说了一桩亲事，女方与他身高刚好合适，相处下来斯文有礼，甚是融洽。男人一开始很满意女方，直到两人爆发了第一次争吵，女方一直以"死矮子"来攻击男人。

虽然事后女方道歉了，称自己完全是下意识的话语，但是男人无法释怀，他觉得女方彻底戳中了自己内心的伤疤，并且认为女方打心里嫌弃自己矮。自从这件事后，男人每次和女方相处，心里都会有一点不舒服的情绪，久而久之，两人的恋情也以分手告终。有些人可能不明白，认为女方都道歉了，为什么男人还要如此反应过激？

其实，这是"瀑布心理效应"在作祟，即说话者不经意间脱口而出的话，却在倾听者的心里造成了极不平静的状态，导致态度行为的变化，就好比大自然中的瀑布一样，上面平平静静，下面却溅花腾雾。

情侣间有些狠话，可以随着时间得到修复，但有些狠话，却是让一个人从爱到不爱的垫脚石。如果在争吵的过程中，我们不想因为自己语言上的无心之过，而给对方造成不必要的伤害，以下三点要记住。

一、不要去挑战对方的底线

两个人谈恋爱的时候，一定要去了解对方的思维、性格、习惯，知道对方的敏感话题是什么，底线在哪里。比如我在上文提到的案例，男人可以在交往的过程中明确地告诉女方，自己的底线是身高问题，即使女方再生气，也不能对自己的身高进行攻击。那么这个时候，女方的心中就有了一把戒尺，知道什么该说，什么不该说。

如果对方没有明确地告知自己的底线，那么我们要学会察言观色，在争吵的过程中，若是对方因为我们的某句话，表情已经出现了明显的不对劲，这个时候我们要学会按下暂停键，而不是继续发起进攻。情侣间争吵最怕明知故犯，即明明知道对方的禁忌在哪儿，却一而再再而三地在作死的边缘试探。这就好比炉子烧得火红的时候，你不用伸手去摸也知道很烫，但是你偏偏要一巴掌贴上去，结果灼伤的只能是自己。

二、不要总是跟对方翻旧账

为什么有些人会越吵越生气，越吵越委屈呢？因为他们在争吵的过程中，头脑发散地联想到了过去的一些矛盾，相信我们都很熟悉这些语境：

"你过去……"

"你以前还不是……"

这是典型的翻旧账式的开头。其实，翻旧账是争吵过程中最没有意义的一件事，那些陈芝麻烂谷子的事，不但不能解决你们眼前的矛盾，还有可能激化你们过去的矛盾。总是揪着对方过去的错误不放，不仅容易消磨对方对你的耐心，还容易让对方产生一种"无论我怎么做都不会得到原谅"的感觉，长此以往，两个人的感情一定会产生质变。所以，哪怕是争吵，也不要反复去揭过去的伤口，而是着重治愈当下的心情。

三、不要动不动把分手挂在嘴边

很多人在吵架的时候，动不动就喜欢把分手挂在嘴边，这是因为愤怒的情绪作祟，让他们无法冷静地做出思考与判断。我听过一个非常有趣的实验，有人准备了一份调查报告，里面第一个问题是："你的爱人做了非常惹你生气的事，并侮辱到你，你会轻易和对方提分手吗？"

实验者首先找来一群人，给他们制造了一种轻松平和的氛围，基本上得到的回答是：不会。实验者又找来一群人，这次给他们制造了一种愤怒沮丧的氛围，这次得到的回答和之前的答案恰好相反，90%以上的人回答：会。

数据说明，人在情绪激动的情况下，容易做出冲动的决定，这是在心情平和的情况下无法预料的。如果我们在愤怒的过程中，不断地将"分手"两个字当作炸弹抛出来，那么对方迟早会有重伤不起的那一天。

长久幸福的恋爱，每一个人都很向往。但是想要长久地经营一段恋爱关系，仅凭第一眼的心动是远远不够的，更多是在相处的过程中，学会好好说话，不要把我们最擅长的语言变成伤害对方最锋利的武器。

谎言的两面性

心理学家称，人是爱讲大话的动物，而且比自己所意识到的讲得更多。尤其在恋爱过程中，撒谎更是两性关系里最常见的现象。对男性而言，他们是天生的谎言艺术家，多数男性在生活中会通过谎言来取悦女性。然而女性生来就爱轻信谎言，处于热恋中的她们，当爱如潮水般涌来时，不论对方说的是谎话还是胡话，都更愿意把它当成真话或情话。

当然，恋人间的谎言也有两种不同的形式——善意的谎言和恶意的谎言。

行为学专家保罗·埃克曼博士认为："说谎是人类社会的重要特性，人们在社交活动中应正确理解说谎现象。有时候，善意的说谎是必要的。"在我们常见的两性关系中，善意的谎言，大多是为了维持彼此的关系。例如，恋爱初期为了增强自己的吸引力，会略微夸大其优势；或者为了避免冲突，会通过谎言来化解不必要的矛盾等。

在咨询中，我遇到过这样一个案例。男人去外地出差时，刚好遇到了大学时的女同学，聊天后发现两人在业务上有很多合作机会，于是男人推迟一天返程，打算去女同学公司细聊一下。这个时候如果如实地跟老婆讲，出差遇到了大学女同学，打算推迟一天返程，女人不多想才怪。因为女人生性多疑，所以即使她嘴上说相信你，内心也会产生疙瘩。在这个时候说一下善意的谎言，无疑就成了夫妻关系的润滑剂。既不伤害对方，又能避免不必要的矛盾，何乐而不为呢？

要注意的是，善意的谎言也不能常说。因为当大脑习惯说谎这个行为时，它就会让谎言逐渐升级，谎言会像滚雪球一样越滚越大。本来一开始是"利他"的善意谎言，可当说谎成为一种习惯后，当初的所谓"善意的谎言"也可能成为"恶意的谎言"。

恶意的谎言更多的时候是"利己"的，并隐藏着明确的目的性。例如男人出轨的时候，他会跟第三者说："我的老婆不理解我，她没你温柔、没你漂亮，我会跟她离婚的。"在女人为自己的胜利沾沾自喜时，却不知道男人此时正搂着妻子安然入睡，并对妻子说："亲爱的，谢谢你的理解，我爱你。"男人跟第三者撒谎，是为了索取她的身体；男人跟妻子撒谎，是为了让自己的生活可以后方稳固。这种明知道说谎会伤害对方却仍要撒谎的男人，不过是为了满足一己私欲罢了。

当局者很多时候因为爱，而看不到谎言背后的真相。但旁观者能意识到，身处谎言中最好的选择是潇洒地拂袖离开，否则对方只会不断地伤害你。一个满嘴谎言、到处暧昧的人，口中是没有一句真话的，因为他已经习惯了在谎言中骗人骗己。这个时候，作为女人一定要学会在爱情中保护自己，无底线地原谅，只会让你的爱在他面前显得廉价。

爱情里的甜言蜜语谁又能不喜欢呢？可当甜蜜中掺杂着谎言时，又让人退避三舍。这个时候就需要我们长一双慧眼，去深入他的生活，做到"听其言，观其行"，并且试图去接触他身边的人，了解这个人现实生活中的状态。因为只有把爱情落入人间烟火时，你才能更了解眼前的他到底是什么样的人。

好的感情是需要两个人共同经营、共同投入、共同维持的。在爱情的世界里，再好的感情也无法避免谎言的出现，因为人们总是很难将真实的自己完全袒露在另一个人面前，这是人性中难以避免的部分。说谎本身不可怕，可怕的是说谎背后的目的是什么？是利他还是利己？如果男人想用一个谎言来获取你的好感，索取你的金钱或身体，那这种索取还是不要给了，因为他不但给不了你快乐，还会让你陷入深渊。

最后，一定要记住，感情中信任才是基石。不论是善意的还是恶意的谎言，说多了就会让爱情里生出小刺，随着量的积累，再好的爱情也会变得千疮百孔。

喜欢新鲜是天性，
而忠诚是选择

　　在我多年的情感咨询生涯中，不少人问过我同一个问题：为什么有些人明明都谈恋爱了，却还不肯收心？他们当初口口声声地说爱自己，可是在一起时间久了，他们又突然告知自己爱上了别人，难道是因为自己不够好看吗？我们常常以为，在一段恋爱关系中，对方出轨是因为自己不够漂亮，或者不够帅气。

　　实际上，有许多出轨的男女，他们的另一半都拥有令人嫉妒的容颜，甚至他们的出轨对象对比起"正宫"，实在是微弱如尘、不值一提。讲到这里，你可能会好奇，既然男女出轨不一定看脸，那为什么还总有人吃着碗里的，看着锅里的？这里就涉及恋爱关系中非常关键的一个词：新鲜感。

　　当一段恋爱关系进行到一半或者更久的时候，两个人之间的新鲜感基本上已经淡去，这时候容易产生的一个问题是：一旦某个人遇到一个相处下来觉得还不错的对象，心里面的新鲜感就会像雨后的芽尖一样一点点地往外冒。一方面新鲜感会吸引着他，让他不自觉地被新对象吸引；一方面责任感又会牵制着他，让他对自己产生动摇的想法而感到内疚。

　　我见过这么一个案例：一位山西小伙子和女朋友谈了五年恋爱，两人本已到了谈婚论嫁的地步，但是临近婚期，小伙子对另一个女人产生了心动的感觉。看着女朋友每天兴高采烈地准备婚礼，小伙子的内心是既躁动又矛盾啊，于是他托朋友要到了我的微信，开门见山地问我这件事应该怎么办。

在回答他的问题之前，我问他："你觉得新对象让你心动的点在哪里？"小伙子说："我觉得跟她在一起，没有那么多压力。"我又问："那你跟女朋友刚刚在一起的时候，是不是同样没有压力呢？"小伙子想了一会儿，点点头，一副若有所思的模样。

你看，这就是典型的新鲜感作祟，明明你喜欢的东西早就拥有了，但是别人给那样东西换了一个包装，你又变得蠢蠢欲动了。人之所以会有新鲜感，是因为他们老觉得新鲜的东西会带给自己不一样的体验，比如这个山西小伙子，他觉得自己跟新对象在一起没有压力，本质上是因为他们相处的时间不长，不够了解对方。

实际上，恋爱当中的许多感受都是一样的，无论你跟谁在一起，都会不可避免地经历平淡、压力、矛盾和争吵。有些人，总以为后面遇到的人会更完美、更优秀，但是你有没有想过，那些你以为的感觉可能只是你的错觉？

心理学上有一种说法，没有深交过的两个人，会对对方产生一种奇妙的"光环效应"，即对方的一切行为，都会在你眼中得到百分百的美化。而随着相处时间的增加，这种几近完美的光环效应会逐渐弱化，这时候，你才会正视对方最真实的模样，也只有在日复一日的相处过程中，你才会明白，与其追寻所谓新鲜感，不如好好珍惜当下拥有的一切。

柏拉图问过苏格拉底一个问题：什么是爱情？苏格拉底没有直接回

答，而是让柏拉图去麦田里摘一棵自认为最好的麦穗回来，并且走过的路不能回头，最后柏拉图空手而归。苏格拉底问他："为什么没有带麦穗回来呢？"

柏拉图解释道："因为只能摘一棵，而且还不能折回，所以在想摘麦穗的过程中，总感觉后面能遇到更好的，于是一直没有摘。走完整个麦田后，却发现自己早就错过了最想摘的麦穗，即使后悔也晚了。"苏格拉底意味深长地告诉他，这就是爱情。

在爱情中，人们总是被所谓新鲜感吸引，不断地想要寻觅最好的对象，可是回过头来才发现，其实最好的对象一直是陪在自己身边的那个人。我建议大家在亲密关系中一定要保持清醒的头脑，不要因为一时冲动，丢掉了身边值得珍惜的人。

要知道，通往幸福的路上总是人来人往，但是能走到最后的那些人，往往有一个共同特征，那就是他们能够对抗新鲜的诱惑，坚定自己内心的选择。如果你在恋爱当中，很不巧又对其他人产生了心动的感觉，请你想一想这句话："在你纠结着爱上别人的时候，你是否想过，你的另一半后来也遇到过喜欢的人，但是为了你，他放弃了。"

所以啊，喜欢新鲜是天性，而忠诚是选择。在感情中，千万不要抱着犹豫不决、骑驴找马的心态，爱了，就好好爱，选择了，就别后悔。

熬过异地恋，
就是一辈子

距离在所有恋爱关系中，都是一个不容忽视的问题。虽然我们常常说，距离产生美，但是别忘了，距离也会产生悲。这种由距离决定的结局，在异地恋之中体现得尤为明显。有些人熬过异地恋，就是一辈子；有些人熬不过去，就只能成为过客。对异地恋情侣来说，他们之间就好像被人装上了一面透明玻璃，可以看到对方，但是摸不到；可以听到对方，但是靠不到。

异地恋的难，难在哪里呢？难在两个人只能靠通信工具去维持日常的感情，你感受不到对方的语气，观察不到对方的表情，就连对方深情款款地跟你说"我想你"的时候，你都会在心里偷偷地打个问号，这个想念到底是有一百分，还是只有五十分呢？

涂磊曾在《爱情保卫战》里说："很多问题，在距离面前都被放大了。"什么意思？也就是说原本只是情侣间常见的一些小问题，两个人见一面，或者抱一下就能解决。但是由于两个人之间有距离，你们无法立刻见到对方，并确认对方此时的状态，于是就增加了一个人胡思乱想的概率。

比如说，一开始异地恋，两个人恨不得每天 24 小时开着语音，无时无刻不在讨论着下一次什么时候见面，到后来，你们的通话频率由

24 小时变成了 8 小时，再到 6 小时、1 小时、半小时……肯定会有一个人忍不住在心里发问："对方是不是变了？"虽然这段恋爱在你们中间依然存在，心里却卡着一根刺，时不时就要刺痛你一下。

诺安和陈杰是我接触过的一对异地恋情侣，两人从大学时期开始相恋。毕业后，诺安选择回家乡考公务员，而陈杰原本答应跟诺安一起回她的城市，奈何毕业前夕陈杰拿到了一家北京知名企业的录用通知。两人思虑再三，既不想耽误对方的前程，又不想因为距离问题而结束这段感情，于是就开始了漫长的异地恋时光。

这段异地恋最终持续了三年，由诺安正式提出分手。理由也很常见，因为每一次女方需要男方的时候，男方都没有办法陪在女方身边。再加上男方在北京的工作特别忙，导致两个人的见面时间一减再减，最后这段感情慢慢地从女方心里消磨殆尽，徒留一个空壳，无法再骗自己坚持下去。

我曾看到一个概率表，上面写着异地恋分手的概率达到 90%。我相信很多人会被这个数字吓退，认为异地恋的结局都很悲惨，因此再爱也不会选择异地恋。但是，异地恋还有 10% 的概率是能够走到最后的，这 10% 的里面就包含了决心、行动和分享，如果你懂得这三点，即使面对异地恋，也不必感到过分害怕。

一、决心：想好到底要不要异地恋

异地恋并不是一件简单的事，如果你真的很爱对方，并且想要与对方克服异地考验，走入婚姻殿堂，首先你要做好两手准备。

一是心理准备，你要做好对方不在身边的准备，做好对方不能及时回复消息的准备，做好即使想念也不一定能见到对方的准备。因为异地恋就是一个长期的心理忍耐过程，只有经历过坚守和忍耐，才能等到一树花开。

二是物质准备，异地恋的见面是建立在一定的经济基础之上的，机票、车票、吃饭、住宿，这些都需要物质去支撑。所以异地恋经常会出现这样一类问题：见得太多，钱包负荷不了；见得太少，抱怨爱得不够，最后迫于经济压力，不得不选择分手。异地恋还是要多多充实自己的钱包，不要让你的经济条件拖垮你心之所向的爱情。

二、行动：异地恋也可以付出行动

异地恋中有一个非常经典的情景，叫作"你哭了，我却抱不到你"。这句话实际上表达了异地恋的一种困境：在对方手足无措的时候，你却给不到什么实际的帮助。有人可能觉得，异地恋真的是一件很无奈的事，除了用嘴说，还能怎么办呢？但是，聪明的人谈恋爱就不会这么想，就算是异地恋也可以付出行动！

比方说，对方说自己感冒了，那么你就不要只说"多喝热水"，现在科技如此发达，手机上下单感冒药，各种外卖平台的骑手都可以帮你传递关心。异地恋有一个诀窍，就是要让对方时时刻刻感受到你在身边，而这种力量，是无法完全用语言传递的，还需要你用行动去加深存在感。

三、分享：保持一致的成长步伐

之前网上有一对异地恋情侣上了热搜，两人每天都将自己喝的饮料、吃的食物用手机拍下来，然后把各自拍下来的照片拼在一块，就像两个人一直生活在一起一样。异地恋最怕的就是，对方脱离了你的视线之后，你完全不了解对方的生活中发生了什么，然后两人聊天的时候都不知道该说些什么。

我建议所有的异地恋人都要保持一致的成长步伐，即使不在同一座城市，也要让对方进入你现在的生活，要多跟彼此分享，随时关注对方的动态与成长，不要你们两个同时开始爬楼梯，对方都爬到九楼了，你还在三楼停留，这样很快你就会被对方甩出视线，直到再也看不到对方。

异地恋其实很珍贵，因为对方是你即使不能常常见面，也不愿放弃的对象。我们为什么常常说"熬过异地恋，就是一辈子"？很现实的原因是，经历过异地恋的人更加懂得珍惜，而且他们比一般恋人更有决心去通过爱情的考验。虽然恋爱的结局总是未知的，但是关关难过关关过，只要每一次恋爱都认真对待，结局的走向就不会太坏。

Chapter 4

爱的磨合
——为爱遇见更好的自己

美好的恋爱就应该互相成就，诚实面
对彼此的优缺点，表达出自己最真实
的情绪，有效地沟通，好好说话。

恋爱中的沟通艺术

不管是热恋中的情侣，还是老夫老妻，都避免不了日常拌嘴。虽然爱情的开始是两性吸引，本质却是两人心灵的深度沟通。有效的沟通，会让感情变得更加亲密、稳固；无效的沟通，会慢慢腐蚀你的爱情。

你有没有发现，我们总是习惯将温柔和耐心留给陌生人，却将坏脾气留给最爱的人？面对他们，我们总说着脱口而出的难听话，却不知在无数个不经意的瞬间深深伤害着他们的心，这种行为用四个字形容，就是"恃爱行凶"。

举个例子，有一天妻子为丈夫精心做了一桌大餐，结果丈夫因通宵加班，回家只想补觉，不想吃饭。于是妻子忍不住抱怨："我辛辛苦苦为你做饭，你什么态度？"丈夫不耐烦地回答："没人让你做啊！"这样简单的一句话，彻底激怒了妻子，她冲着丈夫喊："家里什么都不管，谁知道你是真加班，还是在外面鬼混？"原本美好的周末，最后却以吵架收场。

很多误会，就是在这种沟通不良的情况下引起的。你明明想要关心对方，却言不由衷，导致误会肆意滋长。那些不经思索的话语，未曾注意的细枝末节，最后都会变作一把把刀刺在自己心上。这就是我们常说的"暴力沟通"。

良好的沟通就像发条上的润滑油，能让两个人产生更好的联系，激发共鸣和爱意。以下跟大家分享几点沟通艺术小技巧，希望能帮助大家有效提升沟通质量，让爱情长久保鲜。

一、男女有别，有话直说

女人都希望找一个会读心术的男人，只要稍微一抬眉，对方就能精准地捕捉其背后的含义。但这不现实。美国乔治敦大学语言博士黛博拉·坦纳教授说："男性和女性就像两种不同文化背景的人，他们沟通时用的是不同的方言。"

男人一般是"报告式"沟通，以陈述为主，而女人则侧重情感的关系式表达。比如痛经的女友想让男友帮自己倒杯热水，脱口而出却是"我来姨妈了，有点不舒服"，结果就只能得到"不舒服？要多喝热水！"女人明明想要的是男人的行动，男人却误以为这只是一句状态表述。

女人不妨尝试着将自己的想法和需求直接陈述出来，不要让男人猜，你要知道男人并没有你想象得那么聪明。而男人呢，也要学会倾听和陪伴，当她抱怨时，你不要长篇大论地讲道理、摆事实，女人想要的不是你的理性，而是你的温柔呵护。

二、用心谈情，好好说爱

很多人喜欢使用攻击性的语言来表达自己的关心和爱。比如妻子希望丈夫不要总是工作，适当地放松自己，开口却是"一回家只会盯着电脑、手机看，这个家不要算了"。

不能好好沟通，不仅是羞于表达爱，也是边界感的缺失。很多人总以为只要出发点是为了对方好、为了这个家好，就可以口不择言地责备对方。但事实是，没人喜欢毫无缘由的批评，特别是有正当事由时，这种沟通方式不仅不会让对方感受到关心，反而会让对方觉得自己不被理解，很委屈。

感情要用心经营，"爱"也要好好说出口。如果你的出发点是为了对方好，就该直接说出口。比如"工作重要还是我重要？"这句话，换成"工作虽然重要，但我更在乎你的健康"会让人更舒服。

三、主观爱人，客观评判

主观臆测是大部分爱情危机的根源，还没沟通就急于下结论，却忽略了事实本身。比如，女友发现男友把手机密码改了，下意识就觉得男友肯定有什么不可告人的秘密。

主观评判是一条看不到尽头的路。一旦先给出结论，就能倒推出一百条蛛丝马迹来佐证这个结果。而误会就是这么产生的，无论多客观的事实，一旦掺杂主观评价，最终都会偏离正轨。

《沟通的艺术》一书里提出了万能解决方式——知觉检测法。首先减少脑补，其次客观陈述内心想法，最后询问对方。在两个人的沟通过程中，哪怕你的情绪再激动，也要耐心地等对方把话说完。婚姻大师康纳说："一个人需求感过强的时候，就容易胡思乱想、死缠烂打。"感情中，理智和适当的独立才是感情的加固剂。

四、冷热之间，进退有度

沟通，不只是语言上的来往，还兼容情绪态度上的互动。如果说冷暴力是筑起围墙拒绝沟通，那么热暴力就是在不断破坏关系的边界，侵入对方的私人领域。

冷暴力是当对方懒得理你时，抛出一句"你要这么想我也没办法"。而热暴力表现为情绪轰炸，比如仅漏接一个电话而遭到连声质问："你在做什么？为什么不接？你是不是不爱我了？"情侣吵架本是常事，但应该把控好分寸。谈恋爱的人都要懂得过犹不及的道理。

最后总结一下，沟通的艺术无非就是做到两件事：一是好好表达，把个人需求表达清楚；二是认真倾听，即便中途有反对意见，也要听对方把话说完，理解对方真正的诉求。美好的恋爱就应该互相成就，诚实面对彼此的优缺点，表达出自己最真实的情绪，有效地沟通，好好说话。养成良好的沟通习惯，会让你与伴侣在美好的爱情道路上越走越远。

爱他的缺点，就如同
爱自己的雀斑

老人说，年轻时回家喜欢多走几里路，就为看心上人一眼。以前见的世面不多，但爱得纯粹，喜欢一个人，好坏全盘接收，是你的我都要。如今看得多，人人都想寻一段完美恋情。有的人高举宁缺毋滥的旗帜，照着偶像剧的标准千里寻人。有的人画地为牢，守着几条自己都做不到的标准百年孤独。

可不管是爱情还是人，都有两面性。即便你最后按照自己的标准找到了对的人，伴随而来的也会有你忍受不了的缺陷。这世间本就没有完美的人，我们能做的唯有欣赏他的优点，也爱他的缺点，就如爱自己的雀斑一样。

七夕节当天，同事漫漫收到男友的玫瑰却闷闷不乐，问其原因，漫漫说以往无论多忙，男友都会陪她过节，现在一束玫瑰就打发了。漫漫的一句话直接开启了办公室的吐槽大会。女生说老公追她前八块腹肌，结果婚后肚子变得比怀胎六月的她还大。男生说自己的女神原来不食人间烟火，接触后才发现人家不爱洗头，还邋遢。还有女生抱怨明明在一起前，一切都好好的，在一起后却发现这个人根本没有那么好，他脾气暴躁，满嘴脏话，还喜欢说谎。于是，办公室里个个怨声载道，似乎只有跟完美情人在一起才能产生完美的爱情。

可完美面前无王者，我们自身都不完美，怎么还敢要求伴侣做到完美呢？真正幸福的爱情，不是紧盯对方的缺点，而是相爱的两个人互相切磋，见招拆招。你有你的热情浪漫，他有他的关怀疼惜，各自优秀，不必谦虚。你的雀斑对上他的秃顶，也不是必败无疑。

我认为在一段亲密关系里，适度的包容和退让才会让爱情走得更长久。毕竟两个人在一起，就如同两个半圆拼成一个圆。两个不完美的人走到一起，最终才能得到完美的结局。感情中只要做到以下几点，离幸福也就不远了。

首先，要学会接受自己的缺陷。在我们这代人的成长过程中，难免被误导，总是认为爱是有条件的。就像小时候父母说必须考多少分，才给你买洋娃娃一样。长大后，有些女生会误以为自己没拥有好的爱情，是因为不够漂亮，不够优秀，所以她们通常很自卑，认为自己腰不够细，性格不够温柔。

对于这种情况，最直接的修复方式就是强化自我核心认知。你连自己都不喜欢，还怎么让别人喜欢呢？每个人都应该拥抱自己的优点，也学着爱上自己的缺点。因为无论好坏，这些特质都构成了完整的你，所以与其讨好对方，不如先爱上自己，与自己达成和解，再去爱别人。

其次，学会包容对方的缺点。有人说所谓完美情人，就是那个具备自己欠缺的优点的人。比如有钱的不会在乎对方的收入，缺爱的人会更加渴望被爱与关怀。说白了我们无非想通过对方来弥补自己生命中缺失的部分。可人都是一体两面的，由缺点和优点共同构成。如果你只想享受对方的好，却不愿承担对方的坏，最终两人也只能不欢而散。

你应该学会用客观的态度去看待对方的缺点，如果不是到无法原谅的地步，两个人是可以进行适当的调试和磨合的。如果你真的懂爱，你会让自己成为那个理想的人，而不是改变对方来符合你的标准。你会爱上他的优点，也会包容他的缺点。

最后，不完美的本身就是完美。有人说："遇见的都是天意，拥有的都是幸运，不完美又何妨，万物皆有裂痕，那是光照进来的地方。爱，不是寻找一个完美的人，而是学会用完美的眼光欣赏那个不完美的人。"在爱情里，不完美的本身就是完美，因为爱就是残缺的自己爱上另一个自己。

成熟的爱情不是1+1=2，而是0.5+0.5=1，两个不完美的人，因为彼此而使自己变得完整。也许日子过得磕磕绊绊，但也因为有了彼此，这些磕磕绊绊都变成甜甜蜜蜜。当你接受了他的不完美，爱他的缺点就如同爱自己的雀斑时，他也会对你说："爱我不必太用力，做你自己，我都理解，这样就好！"

恋爱就是反复
爱上同一个人

　　男女在相爱的时候，身体里会产生一种叫作"苯基乙胺"的激素，它让人心跳加速、瞳孔放大，产生甜蜜和幸福感。感情中所谓一见钟情，大概就是不小心打翻了人们心里装满"苯基乙胺"的瓶子，让两人意乱情迷，深陷其中。

　　但这个世界上，任何事物都有保质期，罐头有保质期，爱情也有保质期。随着时间的推进，"苯基乙胺"在爱情中的浓度越来越低，导致两人彼此的新鲜感也逐渐消失，到最后只剩下疲惫、厌倦、枯燥和乏味，这是人在感情中由痴迷到厌倦的转变。此外，除了苯基乙胺的消失，还有一个心理学的理论叫作"感觉适应"。"感觉适应"是指感觉器官对持续存在的刺激所做出的反应越来越小的现象。"入芝兰之室，久而不闻其香"说的正是这个道理，当你走进摆满芳香的兰花的房间，久而久之你便感觉不到香味了。

　　感情也是如此，刚相遇的时候对方突如其来的一吻，让你面红耳赤；节日里的一小束玫瑰花，让你欣喜若狂。可随着两人相处的时间变长，曾经的深情拥抱少了悸动，精心准备的礼物也让你毫无波澜。你们的爱情开始变得寡淡，彼此间对爱的感受也变得麻木。

　　朱敏和郭阳在一起五年，眼看着朱敏就要到 30 岁了，可郭阳那边完全没有结婚的打算。其实朱敏也一样，在这段感情中除了双方父母，两个年轻人对婚姻好像并不期待。他们在上海工作，白天忙着打拼事业，到了晚上回到同一屋檐下，一天的工作消耗了两人所有的精力，回到家里也没什么可交流的。先回来的那个人负责做饭，另一个人则收拾碗筷，这成了他们恋爱五年里仅存的默契。

朱敏说，其实恋爱真的不是谈得越久越好，五年的时光看起来坚不可摧，实际上脆弱得要死，手指一戳就破了。不知道从什么时候开始，他们的感情就像嘴里嚼的口香糖，越来越没味道，两人从曾经的无话不谈到如今的无话可说。他们也想过分手，但一想到真的要离开对方，又狠不下心来。

感情中很多人都像朱敏和郭阳一样，会从情意绵绵、如胶似漆到平淡如水、索然无味。像人们常说的，红烧肉吃多了会腻，那些原本轰轰烈烈的感情，到最后也会因时间变得寡淡无味。爱情就像一个新鲜的苹果，所有人都希望它可以永远保鲜，但这是不太可能的，就像恋爱的激情难以维持。那么激情消退后，我们该如何保鲜呢？

一、延迟满足对方的需求

很多人在感情中，一开始便一股脑地把所有的爱都给予了对方。当一个人在爱情中用力过猛后，那么此后你们的激情和爱意都是递减的，只会让对方疲惫。毕竟，太容易得到的东西，都不会被珍惜。想要爱情保鲜，就要学会一个理论，叫作延迟满足。所谓延迟满足，就是我们平常所说的"忍耐"，为了更有价值的长远结果而放弃即时满足。你要忍着不袒露自己的真情，不要迫切地走进对方的内心，而是要慢慢地向对方靠近，再逐渐占据主导地位。细水长流的爱情，才能走得更远。

二、让他离不开你

两个人在一起不仅是为了抱团取暖，更是在感情中不断增值，彼此成就、相互滋养，让对方离不开你。什么是增值呢？就是让对方觉得，是你的存在让他变得更加优秀，更有价值。两个独自优秀的人，在得到爱情的加持后，会产生 1+1>2 的效果，成为对方心里无可取代的那个人。只有两个人在感情里都有增值的部分，才能让爱情变得更有意义，这也是让爱情长久保鲜的秘诀。

三、一起体验未知的生活

我曾经看到一句很感人的话："我觉得所谓新鲜感，不是和不认识的人做同样的事情，而是和认识的人一起体验未知的生活。"一起探索未知的世界，体验世界的奇妙，是感情保鲜里非常有效的方法。两个人可以在每周固定的时间去做一些从未体验过的事情，看话剧、参加演唱会，或者来一场说走就走的旅行。两个人一起快乐的时间越多，幸福感也就越强，感情自然也会更加稳固。

在这个爱情保质期越来越短的时代，许多年轻人说羡慕过去的爱情，是因为过去的东西坏了，人们会想着怎么去修，而现在的东西坏了，人们只想着换新的。其实爱情换了谁都一样，都不可避免地会经历平淡。

长久的爱情，就是在一成不变的生活中，反复地爱上同一个人，你们需要共同经营，才能走得长久。毕竟，一段真正幸福的关系，不一定要反复地更换、试探、比较，才能得出结论，和同一个人一起吃好多好多顿饭，一起走好远好远的路，如此平凡的温暖也能称为幸福。

女人想要的安全感
究竟是什么

　　人人都只讨论两性里的新鲜感，殊不知在爱情里，安全感同样重要。一段缺少安全感的爱情，但凡出现一丁点问题，都可能会对这段感情产生致命伤。就算前期觉得幸福，时间一久，糖衣褪去，还是会变成一颗很苦的药，让人难以下咽。其实一时的苦并不可怕，怕的是不去解决，让这份苦变成肌肉记忆，从此吃什么都觉得苦，跟谁谈恋爱都觉得没有安全感。

　　在情感咨询群里，有个叫大周的在群里崩溃地问："女生想要的安全感到底是什么？"大周说自己前后谈了两场恋爱，女生都说没安全感，跟他分了手。第一段是异地恋，能理解。第二段是在一场聚会上认识的，两人在一起后没多久就同居了，结果还是因为安全感的事分手了。大周一脸蒙，自己也没在外面乱来，难道非要 24 小时黏在一起才叫有安全感？

　　面对这个问题，我让大周直接去问自己的前任，答案会更加清晰。果不其然，面对大周的疑问，前任将大周过去的所作所为一股脑说了出来：平时家里灯泡坏了，马桶堵了，都是自己修的，有事找大周，他永远都说忙，连搬家都是自己打包东西。还有自己离职时被恶意克扣工资，想让大周帮帮忙，结果大周通宵跟朋友喝酒，也不回信息。人家苦苦等了一天，却换来大周轻飘飘的一句也没扣多少，算了吧。这样的事还有很多，前任说完后，大周陷入了沉默。

有时候，乍一听安全感这个词，让人感觉虚无缥缈。但从大周前任的描述中，我们可以感知到，其实女人想要的安全感往往很简单，无非就是落于细节处的关心，它主要的表现形式为以下几点。

一、我需要你的时候，你永远都在

心理学家马斯洛指出：心理的安全感（psychological security）指的是"一种从恐惧和焦虑中脱离出来的信心、安全和自由的感觉，特别是满足一个人现在（和将来）各种需要的感觉"。这种"需要"是相对的，不是非得出什么大事，可能是我心情不好，给你发个短信能得到贴心的安慰；你感冒时，我温水清粥送到你手边。这是一种精神依靠，是最无助的时候，希望有个能陪在身边的人。

有些人说，我事后赔礼道歉了啊，怎么还不满意？锦上添花和雪中送炭哪能一样，要知道迟来的关怀总是带着几分惺惺作态。我需要你的时候你没有出现，那么你就不必出现了。雨停了，再送伞就没意思了。

二、我说话的时候，知道你在听

再多再美的情话都抵不过一句"我在，你说"。女人一旦遇到心爱的人，就会喋喋不休。好的坏的，关于自己的事都想说给男人听。但有些男人总觉得这些小事无关紧要，有时候还会不耐烦，敷衍了事。这个时候，女人往往会特别失落。其实女人很简单，她在聊天的时候，不需要你长篇大论地回应，只想得到你关心和重视的态度。

三、我希望你在我面前没有秘密

喜欢"查岗"的女人多数被狠狠伤害过，才会在下一段感情里成为惊弓之鸟。如果你没做亏心事，就不要给手机设置那么多密码。如果她想看，就大方地给她看。如此一来，你会发现，她其实也不爱看你的手机，她只想通过你这个动作来确认你对她是否有所隐瞒。这个微不足道的小动作，会成为她内心的砝码，加在对你信任的天平上。

四、自己给自己安全感

巩立姣在东京奥运会上夺得桂冠，表达了同样的意思，每一个女人都不该被局限为只有某一种姿态，女人们也和男人一样，有资格、有能力通过自己的努力，实现自我价值，向上生长成就梦想，打造一番属于自己的新天地。

一个女人想要的安全感，仅通过男人给予是不够的。只有当她拥有向下扎根的能力，才有触手摘星的可能。缺乏安全感无非就是对未知的恐惧，当你有足够的能力撑起一切时，你就不再害怕失去。

以上就是女人所需要的安全感。这并不是无理取闹的作，也不是索取。说白了，女人不需要男人多富有、多成功，而是当她成功，为她鼓掌，当她失意，陪她哭泣，无论生活变成什么样，都给予她无怨无悔的陪伴，相知相伴走到最后。

安全感不是两个人相爱的附加值，而是相处的必要因素。没有物质的爱情未必是一盘散沙，但没有安全感的爱情随时可能崩塌。面对没有安全感的爱情，尝试着找出问题根源，并解决它。不要因为吃错一颗裹着糖衣的药，就不相信世界上有巧克力豆。

你可以爱他，
但不要失去自己

有一种难过，不是你爱的人不爱你了，而是连你自己都不爱自己了。你会因为别人的话而怀疑自己，你会因为想要讨得别人的喜欢而改变自己，到最后，你甚至都忘了自己应该是什么样子。在感情中，比爱而不得更让人揪心的是失去自我。

最近有个叫可乐的女生向我咨询婚姻里的困惑。她为爱远嫁，孤身来到人生地不熟的城市。爱情给了她憧憬，现实却给了她无数难堪。可乐嫁给现任老公五年，这五年的时间足以销毁一切，包括曾经的海誓山盟，包括可乐这个人。

可乐说自己是土生土长的广东人，嫁给老公，跟着他去河南是她第一次出远门。婚后，她对老公和公公婆婆的照顾可谓尽心尽力。老公爱听摇滚歌曲，可乐的歌单里就全是摇滚歌曲；老公嫌可乐身材不够好，可乐就拼命减肥；老公喜欢短发的女人，可乐就把留了三年的长发剪成了齐耳短发，她的生活完全被老公的要求支配着。

为了这份感情，可乐费尽了心思。她从里到外、从头到脚，完完全全变成了另一个人。为了爱，她失去了生活、失去了自己，也在一次次的被否定和改变中，彻底击碎了自己的信心。让她万万想不到的是，自己全心全意的付出却换来了老公的背叛。老公爱上了一个不需要改变就可以达到他心中完美形象的女人。而可乐为了迎合老公，变成了自己不喜欢的样子，可到头来还是竹篮打水一场空。

我遇到过很多像可乐这样的女人，她们被爱冲昏了头脑，以为爱就是付出，就是牺牲，于是不断地去迎合对方的喜好，直到失去自我。听过这样一句话："连你都不爱自己，凭什么指望别人来爱你呢？"如果你一再降低自己的原则为对方做改变，那么对方便不会再尊重你、心疼你。

爱情的坍塌，就是始于天平的失衡。不懂爱的人，总能心安理得地去践踏对方的真心。而那些自认为懂爱的人，总以为只要全身心地付出就能得到同等的回报。殊不知，感情中最傻的一件事，就是为了对方放弃了自己原本的样子。仔细思考一下，你爱到失去了自己，还拿什么谈爱？单方面地付出，感动的永远是自己。

爱情的本质是相互吸引，两个人产生爱意的一瞬间，一定是因为你身上有着某种吸引他的特质。如果他爱你，你脾气再大，在他眼里都是个性；如果他不爱你，就算你温顺得像只猫，他也会嫌弃你掉毛。张爱玲说："喜欢一个人，会卑微到尘埃里，然后开出花来。"但是你明明可以做一棵明媚的向日葵，何苦委曲求全，成为尘埃里的一朵花呢？

在一段良好的感情中，应该时刻摆正双方的位置，伴侣不是你的全部，而你也无须为了爱而失去自我。李银河曾说："在中国，我们并不提倡女性回家做全职太太，更完美的目标应该是女性实现自我，追求自己的价值。"保留底线，经营好自己，给对方一个优质的爱人，才是打开一段关系最正确的方式。

要知道，爱上他人的过程，就是自我改变的过程，这种改变是向上和向下的。向上的改变是积极的，是让人成长的；向下的改变是丢失自己，变得比原来还糟糕。当你发现自己爱一个人，爱到失去自身的全部光芒时，这段爱情一定是不合格的。这个时候应该及时止损，停下来审视自己和对方，做出相应的调整。

最好的爱情不是委曲求全，而是两个彼此独立又互相吸引的个体在一起，创造美好的价值。你们聚在一起，能像一团火焰一样高高燃起；你们脱离彼此，仍能凭借自己的火苗温暖自己。因此，无论爱得多深，都要保留自己的原则和主见。

这个世界，无论你多好，都有人不爱你；无论你多不好，都会有人一如既往地爱你。所以，每个女孩都要自信且自爱，像穿堂而过的风，像森林奔跑的鹿，自由自在。就做你自己吧，爱你的人总会来爱你。

Chapter 5

爱的消散
——往前走，别回头

相信我，缘分自有安排，离去的都是
风景，留下的才是人生。过去的风景
很美，但眼前和未来的风景才是独一
无二的。

所有的离开，
都是蓄谋已久

　　男女分手，并不是要把"分手"两个字说出口才算，冷落你，远离你，边缘化你，都是一个人想要分手的表现。就好像暴雨降落前夕，即使你没有看天气预报，可是乌云压城、蚂蚁搬家、群鸟低飞，种种生物界的迹象，都在提醒着你一定会有暴雨来临。

　　我曾在一部电视剧中看过这样一个情节，两人结婚十年，始终是吵吵闹闹的状态。丈夫吃饭的时候挑剔妻子做的菜，妻子会厌恶地嚷嚷对方；丈夫喝酒时说了一些不该说的话，妻子会生气地拧对方的背。可是后来，无论丈夫对妻子做了多么过分的事，妻子都是一脸平静地看着丈夫，丈夫还以为妻子转性了，心里颇为得意。

　　直到某天丈夫下班回到家里，发现妻子的东西全都不见了，只有冰箱上面贴着妻子留下来的字条，写着："我们离婚吧。"

　　其实男女之间，没有所谓突然离开，多数都是蓄谋已久。或许从前没有留意，但是你仔细回想一遍，一定会想起一些不一样的地方，比如说：向来热情的对方，突然变得冷淡了；向来喜欢给你发消息的对方，突然玩起了失踪；向来脾气温和的对方，居然会莫名其妙地对你发火……

　　情侣分手前的征兆，双方是能够观察得到的：男生分手前，会变得越来越陌生；女生分手前，会变得越来越安静。如果你的伴侣出现了以下情况，或许就说明他在心里悄悄打起了离开的念头，这时候你就要打起精神重视起来了。

男生分手前，会变得冷漠寡言

有一句话常说："世界上没有高冷的男生，你觉得他高冷，是因为他暖的人不是你。"男生想要分手的征兆，主要是通过"冷漠"的态度去传递，这个"冷漠"主要分为三个方面。

一是行为上的冷漠。一个男人喜欢你的时候，一定会想跟你发生一些什么，牵手，拥抱，亲吻，这些都是最基本的。感情好的时候，男人恨不得贴在你身上，可是当他失去欲望，故意回避你、玩失踪，甚至连碰都不想碰你的时候，证明他对你的感情已经由亲密变成了冷淡。

二是语言上的冷漠。当他的回复从"早安""晚安"和一大串甜言蜜语，变成"嗯""哦"，甚至已读不回，说明他跟你的聊天欲望已经从一百分退回了零分。你主动找他沟通、谈心，可他能不回就不回，能敷衍就敷衍，这样的表现，多半是因为他想要跟你分手了。

三是态度上的冷漠。吵架的时候，他不会再主动哄你，你在这边哭得梨花带雨，他在那边看得一言不发，你疯狂地想要他给点反应，可他只是背过身去不想理会。因为他已经不在乎你的感受，更不怕失去你。要知道，男人在感情方面从来都不比女人傻，他们知道如何讨取一个女人的欢心，更知道如何照顾一个女人的情绪。可是如果男人一味装傻，对女人不闻不问，很大一种可能是，他不想跟这个女人继续走下去了。

女生分手前，会变得乖巧懂事

女生想要分手的时候，往往不是她大吵大闹、歇斯底里的那一刻，而是当她面对一些情感矛盾，在与对方沟通无效、改变无望的情况下，才会慢慢对这段关系失去期待。最常见的表现是，女生不再就一个问题跟伴侣争执不下，即使是"1+1=2"这么简单的问题，对方说了等于3，她也不会有意见。

其次就是，女生不再用任何激烈的方式去博取对方的关注。以前闹矛盾的时候，或许女生会哭、会闹，会用各种方式引起男生的注意，可是当一个女生真正想要分手了，她就会表现得异常乖巧懂事，你说什么就是什么，你想怎么办就怎么办。迟钝一点的男生可能会窃喜，认为女生被自己彻底驯服了，其实那不是驯服，而是心灰意冷。

最后一点预兆是，女生分手前，会变得越来越独立。她生病了不会告诉对方，磕了碰了不会告诉对方，就连她做出一些人生重大选择的时候，都不会再告诉对方。因为她已经从未来的人生规划里，一点一点地把对方除名了。所以如果一个女生不再需要对方的帮助，不再需要对方的出现，那么对方给予的爱，对她而言将变得不再重要。

世上从来就没有无缘无故的离开，就像自然界的规律，一切都是有迹可循的，感情里的规律也是如此。当你发现自己的伴侣出现了以上想要离开的征兆，如果你爱他，请竭尽全力地去为他做点什么，解决他在这段感情中还未得到满足的需求。

人与人之间是有一个情感账户的，每次让对方开心，存款就多一点；每次让对方难过，存款就少一些。不要一味地从当中提领，任性地觉得，你的钱永远挥霍不完，不是的，存款变成零的时候，就是对方离开的时候。存款不是一天就花完的，心不是一下子就变冷的。消

143

耗得太多，储蓄得太少，再饱满的爱意也会被掏空。相爱容易，相处不易，不冷漠、不消耗，互相珍重，互相满足，才能收获幸福最饱满的果实。

分手后，
你到底在难过什么

在一段亲密关系结束后，你会发现，只要你真的爱过对方，无论是和平分手，还是狼狈收尾，分手后的很长一段时间里，你还会时常想起对方。如果说恋爱像毒品，那么分手后的日子，就像戒毒一样让人痛苦不堪。你对前任会始终处于一种挣不脱、逃不掉、忘不了、放不下的状态。但你有没有想过，你的这种"深情"，其实就是空虚、寂寞导致的呢？

咨询者璐璐跟我聊到她最近的感情问题，说自己要在一棵树上吊死了。璐璐说的那棵树是她的前任，他们分手两年了，可璐璐还是对他念念不忘，舍不得也放不下。每每聊起璐璐的前任，身边的朋友都为她打抱不平，那个男人不仅背叛了两个人的感情，还留给璐璐一身伤。在感情中外伤可以用药慢慢愈合，但心里的伤很难完全治愈。璐璐常常轻描淡写地告诉身边人，说自己早忘了，但一个人的时候她还是会陷入回忆，想起曾经的点点滴滴。

其实像璐璐这样的人有很多，她们深知前任的不堪，深知两人没有未来，深知那段感情已经渐渐远去，可还是会在四下无人的夜里想起对方。跟璐璐一样，我们公司有个女孩叫悠悠，她的现状跟璐璐极为相似，和前男友分手一年多，还是忘不了。悠悠的前男友不仅抠门，还很大男子主义，从不送她礼物，也从不做家务，就连情侣间最起码的爱护和心疼都没有。悠悠生日的时候，男生不仅没有一句"生日快乐"，还跑到别的女同事的生日聚会局帮人家布置场地。悠悠对他失望极了，于是提出了分手，男孩竟然连一句挽留的话都没有。

尽管遍体鳞伤，但是悠悠还是会常常想起前任。其实悠悠心里清楚，他不爱自己，两人也不合适，可不知为何心中就是对他念念不忘。这种状态很多人都经历过，想好好不了，想忘忘不掉，只能跟自己的回忆不停地拉扯，时间久了，连自己都被这份深情感动了。但在旁观者看来，你的执着多少是有点傻的。璐璐和悠悠有一个共同点：太过沉浸于失恋的悲伤，而未曾想过主动从感情中抽离。

我了解到她俩分手后除了上班，哪儿也不去，基本没有社交圈，大多时候都是一个人。工作的时候还好，可以和同事们说说话，下班后就只能一个人待在房间里发呆，周末也找不到好的去处。其实她们沉浸于悲伤，放不下前任最大的原因，在于孤独。因为无人陪伴，所以容易多想；因为无人倾诉，所以只能独自痛苦；因为封闭自我，所以内心煎熬。不难发现，分手后忘不了前任，不是因为忘不了那个人，而是怀念那段有人陪伴、有人爱、不孤单的时光。

我见过太多人分手的那一刻，她们坚信自己会遇到更好的人，可在漫长的等待中才发现，遇见一个合适的人，谈一场舒服的恋爱并非那么简单。在分手后的很长一段时间里，她们花了很多精力去适应一个人的孤独。其实，大部分人都是有社交需求的，即使你已经适应了一个人的孤独，但在孤单寂寞来袭时，还是希望有人陪伴。

最后我想说，想要忘记一个人或者忘记一段悲伤的感情，靠的无非是时间和新欢。时间有长有短无法把控，但是开始一段新恋情是你务务力就能做到的。古代找对象靠父母指婚，现在找对象得靠自己，不主动肯定是不行的。没遇到好的异性，也许是你接触的异性太少，不如多花点时间与精力在社交上。社交方式也有很多，如亲友介绍、朋友聚会、线下活动、相亲平台等。

　　只要你愿意主动走出自己的牢笼，那么一切都将不成问题。相信我，缘分自有安排，离去的都是风景，留下的才是人生。过去的风景很美，但眼前和未来的风景才是独一无二的。分手可以难过痛苦，但也要给自己设置一个期限，切莫沉迷悲伤，要整理好心情，去迎接第二天的太阳。

爱情里的回头草
该不该吃

　　前段时间和生意上的朋友小聚，几杯酒下肚，大家都有些醉意，朋友借着酒劲向大伙哭诉起来。原来，朋友和前妻离婚一年多了，但心里一直挂念着对方，想和前妻复婚，但前妻并没有同意。于是大家都劝他"好马不吃回头草"，朋友也在大家的劝说中放弃了追回前妻的念头。

　　这让我想起很久之前看过的一个故事，一匹训练精良的马儿从草原经过，脚下一片肥美的青草，可它只是随便吃了几口，便继续向前赶路。过了几天，马儿离草原越来越远，脚下的土地逐渐变得贫瘠，原来它踏入了一片一望无际的沙漠。这时候，只要马儿回头便能重新吃到可口的青草，但马儿的耳边不断地回响着主人的话"好马不吃回头草"，于是马儿继续硬着头皮往前走，直到因为饥饿倒在沙漠中。

　　生活中很多人因为"好马不吃回头草"这句话，不懂得灵活变通，最后错过了很多回旋的机会。其实老祖宗原本说这句话的寓意是："有志气的人立志以后，即使遭受挫折，也决不走回头路。"很多人不去理解它的深意，肤浅地将其用在情感上，也着实令人啼笑皆非。如果眼前没有更好的草，而且回头草足够肥美，那么"回头"又何尝不是更好的选择呢？毕竟，老祖宗所说的"好马不吃回头草"的下一句话是"浪子回头金不换"。

　　陈闯和白鹤再一次相遇，是在他们分手七年后的公司晚宴上。白鹤端起酒杯，穿着鱼尾裙向陈闯袅袅走来，陈闯有些恍惚，好半天才认出眼前的美女竟是白鹤。陈闯和白鹤在大学的时候就是同学眼中的金童玉女，白鹤是艺术系出了名的美女，而陈闯是法律系年年稳居榜首的高才生。当时两个年轻人都太过骄傲，感情里始终没有找到彼此的平衡点。毕业后，白鹤毅然决然地踏上了前往国外留学深造的飞机，而陈闯则选择留在北京打拼。

　　缘分这种东西，说来奇妙，有些人求而不得，而有些人从未期盼，却真实地出现在眼前。白鹤是受邀参加陈闯公司晚宴的嘉宾，两个人都没有想过竟然能在这里遇到彼此。其实陈闯上学那会儿不仅是学霸，还是个妥妥的富二代。但刚毕业那几年陈闯过得并不轻松，父亲意外过世，家里的经济重担一下子落在了陈闯身上，也正是这几年的历练，让陈闯比以前成熟了很多。白鹤如今看似光鲜的外表下，其实也经历了很多辛酸，国外求学那几年，自己学做饭，到处打工赚学费，还要遭受部分白人同学的歧视。

　　两个人虽说很多年不见，但因为相似的经历，他们有了很多共同话题，晚宴过后他们加了彼此的联系方式。半年后，他们订婚了，两个成熟、优秀的年轻人再一次走到一起。

　　所以，那些鼓吹在感情里"好马不吃回头草"的理论确实失之偏颇，容易误导人。那些信奉此话的人，看似拥有一往无前的勇气和志气，但何尝不是"意气用事"呢？把"意气"当成"志气"，把"傲慢"当成"自尊"，贪一时之快，逞匹夫之勇又有何意义呢？更何况，好的机会不一定就在前方，吃回头草也并不意味着倒退。

　　在感情的道路上，我们总会因为各种原因而错过一些人和事，这也成了很多人的遗憾，如果有机会弥补遗憾，我们何乐而不为呢？像白鹤和陈闯那样，当初因为一些客观原因错过彼此，如今回过头来再"吃"又何尝不可呢？抛弃所谓"志气"和"自尊"，专心吃好"回头草"才是一匹好马、一匹聪明的马该做的事。

但有些回头草也不能乱吃，像三观不合、触及底线的"回头草"，吃了只会让你上吐下泻、痛不欲生；有些回头草即便再鲜美，吃的时候也要细嚼慢咽，毕竟是回头草，再嫩也有硌牙的时候；那些朝三暮四的"回头草"，可能只是一时冲动回来找你，说不定过几天又要出去拈花惹草，对待这样的"回头草"一定要谨慎，小心消化不良。

太多人把"好马不吃回头草"作为衡量生活或感情的一把戒尺，这句话在感情中所代表的那点尊严其实一文不值。你是向前还是向后，最终取决于你的内心，人的主观感受要比那些苛责的原则、标准重要得多。

感情中没有绝对的长情，也没有绝对的冷漠。你可以选择重新开始，去找一个更适合自己的人；也可以选择回头，去爱一个不愿轻易放下的人。是往前走还是回头，这一切取决于你的本心。就像歌曲《没那么简单》中唱的："别人说的话随便听一听，自己做决定。"

放下一个人，
只需要两样东西

　　世界上没有什么东西是永恒的，包括爱情，它的开始和结束很多时候都由不得我们。一段感情的结束，不仅意味着你失去了一个爱人，还失去了你的情感寄托。可我们都该知道，并非每一场相遇都有结局，人总要和握不住的东西说再见。如果分开已成既定事实，如何快速走出失恋的阴影，把伤害降到最低，才是你当下最应该做的事。

　　"忘不掉"大概是分手中最大的难题，你越是想忘掉对方，对方越是浮现在你的脑海里。就像一个人掉进沼泽，拼命挣扎的结果，只会是越陷越深。

　　美国哈佛大学社会心理学家丹尼尔·韦格纳做过一个实验，实验中要求被测试者不要想白熊，结果所有人都想到了白熊，而且大部分人会频繁地想到白熊，这就是著名的白熊实验。这个实验反映出人们的一种逆反心理：你越被要求不要去想一件事，这件事在你大脑中出现的频率就越高。

　　我们公司有个同事叫小若，她和谈了三年的男朋友分手了。自从小若失恋后，她每天都会在朋友圈发一些鼓励自己要忘掉前任的话，但好似并没有效果。因为每天上班，她都无精打采，双眼红肿，还有很深的黑眼圈，不说都知道，她前一晚肯定哭过。

其实小若也很苦恼，因为无论自己多么努力地想要忘掉对方，那些曾经的回忆仍在她脑海里挥之不去。这就是"白熊效应"在作祟。有人说，放下执念才能放过自己。从本质上讲，这是误导，心理学上称之为"思维压抑"。前面的白熊实验充分说明，思维压抑不仅不能解决问题，还可能出现强烈的戒断反弹，让自己陷入"忘也忘不掉，爱也爱不得"的两难境地。

分手后思念如潮，旧情难忘，本就是很正常的事。毕竟是深爱过的人，怎么能说忘就忘呢？可是，直面它才是最快的治愈办法。其实放下一个人说简单不简单，说难也不难。说到底只需要两样东西——时间和新欢。

刚分手的时候最难熬。耳机里的失恋情歌，都像在唱自己的故事；屏幕中的电影情节，都像在诉说自己的过往；旅途中的美丽风景，都像回忆往事的按钮。这个过程很难，心里很痛。但没关系，它本就是将一个人从生命里剔除的必经之路。

放手需要理智，放下则需要时间，时间可以帮你抚平悲伤。对旧情无须逃避，唯有直面伤痛，才能真正放下。所以忘不了的就交给时间吧！直到有一天对方无法左右你的情绪的时候，那个人也便真正从你的生活中离开了。

当然，除了时间，我们还需要用"新欢"来转移注意力。

心理学上有一个名词，叫作"记忆锚点"，举个简单的例子：你刚刚分手，公司组织去云南团建，大家都很兴奋，唯独你闷闷不乐，原因是你和前任相识的地方就是云南。这件事触发了你的记忆锚点，让你陷入过去的回忆中。如果你真的想要走出失恋的阴影，那就需要重新锚定生活的记忆点，找一个足够印象深刻的人或事，来重新改变引发你联想场景的锚定点。

就像上面所说，你可以重新找一个伴侣，再次去云南旅行，用新的回忆覆盖曾经和前任的回忆。当然，这个新伴侣一定是你真的喜欢的，不要因为你想疗愈上一段感情，就在不确定自己内心的情况下，再拉一个无辜的人进来，这样对另一个人也是不公平的。

前面所讲的"新欢"也并不单单指人，也可以是新的事物。用别的事物来代替前任带给你的影响，尝试着去培养一些新的爱好，给自己的生活填充新的锚点。

时间也好，新欢也罢，最重要的还是自己真的想开了。人生不需要你花费太多时间去怀念上一段感情，因为它真的没有你想象得那么值得。你的怀念、遗憾根本改变不了什么，说不定在人家那里只是一种解脱，它只会让你错过本可以拥有的幸福。从现在开始，整理好心情，调整好状态，张开双臂，去拥抱那个值得的人吧！

一个人也可以很好

庄子曰："独往独来，是谓独有。独有之人，是谓至贵。"孤独是人生的常态，能够与孤独相处的人，一定是内心充实且精神独立的。在我看来，单身或恋爱没有优劣之分。恋爱很好，一个人也可以很好，没人陪伴的日子，就把当下的生活过得充实且漂亮。

我参加过一个行业论坛，有位年轻的女企业家在台上分享自己的成功经验时，我身旁有两位姑娘小声议论："你知道吗，她都 30 多岁了，竟然还没结婚！""不是吧？这也太惨了吧！"那种震惊又嫌弃的口吻，仿佛在说一个女人最大的成功，就是在最好的年纪嫁给最优秀的男人。

后来在访谈期间，主持人问起她至今单身的原因，她回答："其实我也很期待恋爱，只是还没遇到合适的。现在即使一个人，日子过得也很滋润。这些年我去了很多地方，见识到了不同地域的人文风采。闲暇时，我会去学习插花、烹饪等。我还自学了日语和法语，最近正在备战 CATTI（全国翻译专业资格考试）的考试。"女企业家说完，观众们不约而同地为她的精彩生活鼓掌。

在现实生活中，很多女性会听到这样的话：

"眼光别太高，找个差不多的就行了！"

"先找人结婚，结了婚自然会有感情！"

"现在不结婚，等你岁数大了怎么办？"

好像人到了一定的年纪，不谈恋爱、不结婚是不正常的。这让我想起俞飞鸿的话："单身很正常，只要自己的精神世界足够富足，一切都不是问题，若为了过日子而凑到一起，那种两个人的无话可说，比一个人的孤独更显悲伤。"我不是鼓吹单身，但我坚决反对为了结婚而结婚。如果你暂时没遇到那个合适的人，先别急着随便找人凑对，因为比起独身，苍白的爱情更可怕。

有一句话说，"低质量的爱情，不如高质量的单身"。在我身边，就有很多像俞飞鸿这样的人，他们自主选择单身，享受孤独。他们不愿将就，坚信一个人的自由，好过两个人的凑合。

他们虽然看起来是一个人，缺少爱人的陪伴，但内心绝对不会寂寞。因为他们不会把维持某种关系摆在生活的首要位置，他们更关注的是生活中的乐趣和自我的需求。他们拥有强大的精神王国，总能在与自我的独处中找到乐趣，就算只是简单地坐下来读一本书、去花店买一束花、在画室画一幅画，都会让他们感受到平静与快乐。这种单身状态，就是自洽。

如果一个人能和自己孤独的灵魂快乐地相处，那他们今后的感情生活大概率也是幸福美满的。因为尽情享受过孤独的人，会更加明白爱情的难能可贵。就像吃过柠檬后，再吃任何水果都会感到甜，当你感受过单身的自由，也能更好地享受爱情的甜蜜。

当然，感情中有人主动单身，也有人被迫单身，比如那些被分手的人。他们在被分手后，容易陷入自我怀疑，沉浸在失去的悲痛中，久久走不出来。他们那原本被爱情填满的心会忽然空下去，手里多出了大把时间，却不知道干点什么，只能终日浑浑噩噩，在回忆里越陷越深。既然离开的人回不来了，那就把伤痛留给时间去治愈，把接下来的日子过好。

就像张小娴说："当爱情缺席的时候，学着接受自己。只有当你接受自己的一切，你才会快乐，才能够学着独处。当爱情缺席的时候，学着过自己的生活。过自己的生活，就是跟自己谈恋爱，把自己当成自己的情人那样，好好宠自己……当爱情缺席的时候，你要努力些，努力工作，努力让自己进步。男人有了事业，便有女人。女人有了事业，即便没有爱情，至少还有钱。当爱情缺席的时候，你要学着潇洒。"你可以试着在孤独无聊的时间里，与自己对话，直观地了解自己的需求。觉得知识不够就去学习，空虚就去交朋友，没钱就去赚钱，想去看世界就出去旅行。

只有在单身状态下，不断提升自己的价值，丰富自己的灵魂，为自己加满能量时，才能满心期待地去迎接全新的未来。恰如辛夷坞所说："我认真做人，努力工作，为的就是当我站在我爱的人身边，不管他富甲一方，还是一无所有，我都可以张开双手坦然地拥抱他。"当你有能力把一个人的生活过出两个人的精彩时，就会有能力去迎接下一段爱情。

最后我想说，你处于什么样的状态，就享受什么样的生活。一个人也可以很好，爱的时候不辜负人，玩的时候不辜负风景，睡觉的时候不辜负床，一个人的时候不辜负自己。愿你在这个喧闹的世界，能静心下来，插一枝花，点一盏灯，吟一首诗，做一个有情有趣的人。就算独身一人，也拥有将生活过成艺术的能力。

Chapter 6

爱的反击
——女人不狠，地位不稳

喜欢就要开口，心动就去行动。我相
信敢爱的你，将来必定能仗剑天涯，
潇洒人间。

劈腿是男人的天性吗

"劈腿"永远是感情中绕不开的话题之一。在我的职业生涯中，遇到过许多女性咨询案例，她们都遭遇过伴侣劈腿。本以为爱情是"一生一世一双人"，却不料爱情是"三心二意又难猜"。于是有女性困惑，今日枕边人，明日陌生人，难道劈腿是男人的天性吗？

从生物学角度来看，无论是人类，还是动物，雄性物种天生喜欢狩猎，他们享受追寻猎物所带来的刺激感，并且，等级越高的雄性物种，他们可以选择的狩猎目标往往越优秀。从基因学角度来看，劈腿就像埋在雄性物种体内的 DNA，到了某个季节，时不时地发作一下，这时候他们会忍不住撩拨身边的女性。当然，这种情况不是在所有雄性物种身上都会出现。

真心爱你的男人，就算劈腿是种天性，也会用理性压制，而那些压制不住的男人，往往会有以下几种表现。

第一种，气压很低，对你的热情感到抗拒。

男人一旦产生"劈腿"的念头，对你的爱就会感到厌倦，无论你做什么，他都不想热情地回应。这个时候非常明显的变化是：你们的聊天内容从互相回复，变成了你自说自话；你们的约会时光从互相奔赴，变成了你独自等待；你们的亲密行为也从互相撩拨，变成了你独自主动。

有时候，你想像从前一样抱一抱他，他会板着脸跟你说："先别动我。"想一想，你站在他身边，他却不看你；你跟他分享心情，他却不吭声。这是为什么呢？难道真的是因为他心情不好，或者是因为你做错了什么吗？

男人是一种聪明的动物，当他们想要一样东西的时候，想尽办法都会得到；而当他们想要放弃一样东西的时候，不择手段都会放弃。男人的冷漠从来都是有原因的，如果他莫名其妙地冷落你，却不跟你解释为什么，十有八九是他的心思飘了，但是出于自私心理，他不敢直接承认，所以干脆用这种低气压的方式让你主动离开。

第二种，突然忙碌，陪你的时间大打折扣。

当男人的心里装下了另一个人，他会对你出现愧疚情绪，不知道该以什么样的方式面对你，于是他们一下子变得"忙碌"起来，今天要加班，明天要见客户，后天要和同事聚餐。总之，他们的理由一个接一个，他们有时间陪客户，有时间陪同事，但就是没有时间陪你。

你们交流的时间越来越少，每次问起来，他都说自己在忙，这个时候如果你继续追问，就显得你不够大度，好像在无理取闹。有些女性会被这样的假象蒙蔽，在听到对方一本正经的"解释"之后，甚至会怀疑自己是不是太过黏人。

殊不知，这正是男人的一种精密布局，他们既不想被你发现，又贪恋外面的莺莺燕燕，只能用"忙碌"来逃避一切。

第三种，常看手机，朋友圈内容暧昧不明。

男人想要劈腿，有一个最明显的行为特征：你从他的朋友圈里消失了。仅一夜之间，或者仅一时之间，他把关于你的朋友圈清理得不留一丝痕迹，并且在他的朋友圈里，突然多出了很多条暧昧不明的动态内容，你以为他是写给你看的，其实他是写给别人看的。

不敢让爱情长在阳光下的男人，多半是心里有鬼，要么他不是真心实意地想要跟你交往，要么就是他在交往过程中遇到了其他心动的对象。他需要隐藏你的存在，才能进行下一步的狩猎部署，同时你也可以观察到，他看手机的频率越来越高，经常对着手机傻笑，或者看手机的时候像防小偷一样防着你。

男人劈腿，不否认这是爱情里的常见现象，但这也说明，对方不是值得你托付终身的人，及时止损好过互相折磨。因为真正爱你的男人，是见过世间繁华，却依旧愿意留在你身边的人；是走过万千诱惑，却依然不为所动，只想好好陪你的人。

当然，好东西是要付出时间成本的，感情也是。不管我们是等爱情还是等心上人，切记宁缺毋滥。爱情不是儿戏，一辈子的爱情更要从长计议，擦亮眼，看对人，爱准人，赶紧远离要劈腿的，品行好的才值得依靠终身。

前任，心口的朱砂痣

在张爱玲笔下，每个男人都爱着两个女人。娶了红玫瑰，久了，红的变成了墙上的一抹蚊子血，而白的还是"窗前明月光"。娶了白玫瑰，白的变成了衣服上沾的一粒饭黏子，红的却是心口上的一颗朱砂痣。在很多男人心里都藏着一位故人，她是窗前明月光，也是心口朱砂痣。女人称她为"前任"，男人称她为"岁月"。

李行是我认识多年的好友，前段时间打电话告诉我他要结婚了，我刚好去杭州出差，便顺路去看望他。虽说我和李行认识多年，但李行的未婚妻我一直没见过，只在我们几个比较好的哥们群里看过他俩的结婚照。

给我开门的正是李行的未婚妻晓柔，她比李行小 7 岁，半年前两人在飞机上认识，都在杭州工作，又有共同语言，一来二去，两人就在一起了。见到晓柔的第一眼，我总觉得她像我的一位老相识——李行的前女友苏琴。

苏琴和李行是发小，从小在一个大院里长大，又一起在杭州读的大学，他们谈了八年的恋爱。我看着他们从表白、恋爱再到分手。还记得李行分手那天，我陪他喝了 20 多瓶啤酒……

进门后，晓柔请我先坐在沙发上等会儿李行。因为疫情，李行目前在家办公，正在开视频会议。晓柔给我倒了杯水，便坐下陪我闲聊。晓柔指着头顶的灯说："虽说这是旧房子，但翻新装修后还是蛮好的，除了这盏灯。我总觉得怪怪的，让李行换他还不肯，真不知道他是怎么想的。"

现在他俩住的房子，是几年前李行父母拿来给他和苏琴做婚房用的。由于新买的房子还在装修，所以小两口暂住在这间旧屋里。晓柔指着的那盏灯是苏琴挑的，那会儿我和李行都说丑，可苏琴说那是艺术品。

时间回到三年前，也就是苏琴和李行快要结婚的那个月。李行还在兴致勃勃地准备婚礼，苏琴突然提出分手。苏琴说，一直以为自己和李行间的感情是爱情，可快结婚的时候才发现，那不是爱，是亲情。两人纠缠了一段时间，最后还是分手了。没想到，三年后，李行还是找了一个和苏琴眉眼间有些相似的女孩。

返程的那天，李行送我去机场，路上我问他："是不是还没忘掉苏琴？"

李行调侃道："怎么可能忘得干干净净？就连苏轼这样的圣人，在第一任妻子王弗死后，娶了她的堂妹，可还是会在梦中痛哭流涕，说出'十年生死两茫茫'。我一凡夫俗子，忘不掉也正常。"

李行的话我想应该回答了很多女人的困惑，男人是不是真的忘不了前任？我想说，是的，不可能忘记。一个人，失去了什么，就会分外想念什么，爱而不得最让人难忘。前任就是这样一种存在。

男人怎么可能轻易忘记心中的白月光呢？尽管知道爱的人已经远去，思念千万遍也永远不得，但男人想念白月光的心思是不可能消失的。心理学中把这种状态称为"契可尼效应"。西方心理学家契可尼通过实验发现，一般人对已完成了的、已有结果的事情极易忘怀，而对中断了的、未完成的、未达目标的事情总是记忆犹新。这也是很多男人难以忘记前任的一个重要原因。

因为"未完成"，所以它意味着很多的可能性和不确定性。生活中我们常常听到"如果当初没分开，我们说不定现在早就如何如何了"，这种遗憾和不甘的心理很容易被带到今后的生活中。所以对很多男人来说，忘不了前任是一件很普遍的事。但很多女孩还是纠结，男人忘不了前任怎么办？

其实前任对很多男人而言，就是一段无法回头的过往。无论当初爱得有多热烈，分手后破镜重圆的概率都是很小的，因为和好容易如初难。人这一生很长，可缘分很浅，两人从分开的那天起，人生便是背道而驰的。在那段早就消逝的感情里，男人已经释然，只有现任才会把前任作为自己的假想敌。

如果你总是因为对方的旧情而耿耿于怀，这只会让你们之间的感情出现裂痕，因为"契可尼效应"，会让对方再次想起那些未完成的事或人。这个时候，男人自然也会在你和前任间做个对比，放大你的缺点，扩大对方的优点。所以与其纠结男人忘没忘记前任，不如花更多的时间来制造属于你们的甜蜜回忆，将他心尖上的人永远变成你。如果你爱的男人始终沉溺于前任的回忆里，那你要做的就是及时抽身，去寻找更懂得欣赏和爱你的那个他。

女人爱情调，
男人爱调情

你们有没有发现，现在的年轻人谈恋爱越来越拖泥带水了？他可以跟你吃很多次饭、看很多场电影、做很多暧昧的事、说很多让人产生遐想的话，但就是不确定关系。一旦你想要确定关系，对方总是用各种理由搪塞你，甚至避开你的问题。当你遇到这种情况时，男人多半只是在撩你。

你以为自己是他的唯一，殊不知你只是他鱼塘里的一条鱼，付出真心，最后却换来对方一句"我们只是朋友"。我遇到过一个咨询案例，跟大家简单地分享一下。

卓娅说自己在一次聚会上认识了一个男生，他很善于交际，跟现场很多女生都嘻嘻哈哈的，整场聚会下来，他俩其实没啥交集，只是在结束的时候互加了微信。原以为只是一面之缘，卓娅并没有放在心上。不承想，不知从哪天开始，卓娅每天都能收到男生发来的早晚安，由于不熟，卓娅开始一直是冷处理的。

可男生一发就是一个月，于是卓娅第一次回应了对方的消息，很快也得到了男生的回复。两人就这样像朋友一样聊了起来。而且无论卓娅说什么，对方都能接得上话。

有一次，卓娅在朋友圈发了一张睡莲的图，配文是：睡莲那么美，是因为它会按时睡觉呀！于是第二天她就收到了男生的同城快递，是一束睡莲和一张卡片。卡片上写着：你也很美，别睡太晚。

卓娅受宠若惊，在同事夸张的打趣下，开心之余虚荣心也一并得到了满足。为了回礼，卓娅给对方点了杯奶茶。男生收到后还发了朋友圈，说自己原本不爱喝奶茶，却觉得这一杯特别好喝。卓娅看到后内心感觉更加甜蜜了，于是对男生的态度更好了。就这么一来二往，两个人的感情迅速升温，卓娅有时还会陷入两人正在热恋中的错觉。

可好景不长，男生突然在朋友圈说自己有女朋友了。卓娅慌了，问他："你有女朋友了为什么还对我这么好？"男生说："因为我把你当朋友啊！"

可能很多人看到这个案例，都会觉得奇怪，这摆明了就是道送分题，有什么好问的？男生之所以这样做，根本不是喜欢你，只是想撩你。可偏偏是这样的送分题，还有很多人趋之若鹜，为之黯然神伤，明明是大家所熟知的低劣把戏，为什么还能让那么多人身陷囹圄？他们之所以能够让你交出真心，不是因为他们拥有天仙般的外表以及别人所没有的特质，只是因为他们在潜移默化中培养了你的习惯。

就好比前文的案例，男人从每天给卓娅发送莫名其妙的问候开始，其实就已经开启了他们撒网、筛选鱼苗的过程。这时候，大部分收到信息的人会清楚地认识到，我们的关系还没熟到这种程度。可是当他坚持不懈，发的日子久了，也就慢慢卸下你的防备心理，让你开始有所期待。而当他在这种基础上展开进一步攻势，在互动中付出了实际行为，哪怕只是买一束花，都会让你产生"他是不是对我有意思"的怀疑。这时候，他的目的就达到了。

因为从你们的互动变得明朗的那一刻开始，你就已经步入他的套路。所以接下来，只要他给你点甜头，你就很容易觉得"他果然是喜欢我的"，进而跟他继续发展。之后在你的潜意识里，会觉得你们是互相喜欢的。所以他提出的各种要求，你都会尽力满足配合。直到你无论用什么办法都无法让他确认关系时，才恍然大悟，他可能没有你想象中那么喜欢你。

起初你只是出于好奇想尝试，但越尝试就越走心，到最后就像上了瘾，难以割舍。为什么明明内心已经察觉不对劲，却依然深陷其中？其实原因很简单，对海王来说，他们太懂得如何去撩一个女人。

有些男人，甚至比女人更了解女人。他们深谙女人天生爱情调的道理，因此通常会花一点时间去观察女人的朋友圈、聊天内容等，通过这些细节推敲出她们的兴趣爱好，对症下药。同时男人也会通过实际行动，时常制造一些小惊喜，给女人营造一种正在谈恋爱的气氛。而当女人感受到这种所谓"真心与付出"，感受到自己被重视时，自然而然地就会把自己交出去，最后只能被男人拿捏得死死的。

那么，到底该如何辨别对方是喜欢你还是只想撩你呢？

方法很简单，就是看回应之后对方的反应。男人爱调情是刻在骨子里的天性，但这不代表男人就不把感情当回事。男人遇到真爱时，就会表现出极强的占有欲。如果他们真的喜欢你，就会对你小心呵护，满心满眼都是你，时刻都担心自己的某种行为会让你误解生厌。比起冒进，男人在面对真爱时，会稍显笨拙。

但当你发现，在两人不是很熟的情况下男人就贸然表白，或是在你付出真心后还一味地吊着你时，大概率是在调情而已。这年头找个对象不容易，但也别将自己珍贵的感情浪费在不值得的人身上，要是真碰上了只调情、不谈爱的男人，不要犹豫，立马远离他。

在一段感情中，男人和女人通过"调情"，可以增加彼此的黏性，提升亲密度，更好地让感情焕发光彩。

疑似被 PUA，
如何绝地反杀

近几年，PUA 这个词开始被人熟知。PUA，全称 Pick-up Artist（搭讪艺术家），源于美国，原本指的是一种搭讪技巧，但随着不断的演变，如今变成了臭名昭著的情感操控。很多人觉得，系统地研究或者学习过 PUA 套路的人，才能够称为 PUA 人群。但实际上，生活中的很多渣男、渣女，在与异性相处的过程中，都"无意识"地向对方实施了 PUA。

这类人在情感上喜欢控制别人，让对方心甘情愿地为自己付出，还认为那是理所应当；无限地放大对方的缺点，让你觉得自己才是不正常的那个人；他们会不受控制地撒谎和给自己找借口。慢慢地，你会发现，自己的这场恋爱越来越像一部侦探片，一个人犯案，另一个人追查。很多女孩陶醉于这种自虐中无法自拔，即使是被骗、被劈腿、被出轨，被弄得遍体鳞伤，都舍不得离开。

曾经有一位叫小杉的咨询者向我倾诉她的感情经历。小杉说，自从恋爱后，她整个人变得抑郁、憔悴、多疑、不自信，并直言自己爱上了一个渣男。他到底有多渣呢？

小杉和他在一起三年，分分合合无数次，每次一分手对方就出去招蜂引蝶，玩够了就回来声泪俱下地求复合。有一次渣男在外面喝了酒，一夜不接电话。后来小杉看他手机，发现他手机上是和另外一个女生很亲密的合影，用脚指头想都知道是什么情况，可是小杉还是想问个究竟。

结果这渣男不但不肯承认，还说小杉不尊重他的隐私，乱翻他的手机。因为这件事小杉和他大吵一架，冷战几天之后渣男提出了分手。小杉心里清楚对方是个渣男，但还是因为对方曾经的一些低成本付出而念及旧情。例如，小杉想吃什么他都会第一时间去买；走路时鞋带开了，他都会蹲下来帮忙系好；做错了事，他都知道认错，并很诚恳地道歉；等等。

和小杉沟通后，我不禁感慨渣男真的很有手段，他劈腿、冷暴力，可是他依然在你心里占有一席之地。常常有人问，为什么渣男总能找到女朋友，是因为女生们都是智商欠费了吗？其实不是，而是因为渣男手段高。

渣男能提供超高的情绪价值，能带给女生想要的方方面面，可以让女生的多巴胺不停地分泌。他们不仅会在酒吧里给女孩心跳的刺激，也会在单独相处时毫不掩饰内心的欲望，还能在女孩们脆弱无助时给予无微不至的关怀。

他们很会讲情话，每天早上和你问早安，晚上哄你入睡，平常叫你宝贝，喊你小傻瓜。他们一会儿扮演小奶狗，一会儿扮演霸道总裁，让你充分体会到偶像剧里女主角的感觉。就算他们做错了事，也一定会找到一个完美的理由。你痛苦，他会表现得比你更痛苦，让你心软。面对这些，大部分女生都没办法拒绝，只能一次一次无底线地原谅……

很多女生被伤害之后，还是无法控制自己，对他抱有幻想，觉得浪子一定能回头，结果却是给了他再次伤害自己的可能性。那些沉溺于渣男，甚至试图拯救渣男的女孩，也许还是伤得不够重。感情这件事，说大道理真的没用，只有等你伤透了心，才会有终结。

所以，当你在一段感情中，明显感觉到自己变得越来越差，浑身都是缺点的时候，要及时地检查对方是不是正在"无意识"地 PUA 你。对方的负能量打压是真的为了你好，还是打着"为你好"的旗号在操控你？

老话讲得好，"以其人之道还治其人之身"，反杀渣男亦是如此。渣男的套路无非是不定期地满足你的情感需求，然后再逐渐引导你无底线地付出，最后让你越来越离不开他。这个时候你大可欲擒故纵，让对方付出更多的时间成本与精力成本，使其在得到与得不到之间反复挣扎，最后及时抽身，反手给他一个措手不及。如果你道行还不够深，认识到渣男的真面目后，一定要迅速撇清关系，重新开始自己的生活。此时的你，对付渣男最好的办法不是愤怒和谩骂，而是让自己变得强大且优秀，成为渣男眼中永远可望而不可即的人。在这场感情的较量中，谁会笑到最后，时间会给出答案。

一段良好的感情是让人舒适且愉悦的，如果在一段感情中，你已经倾其所有，但还是换不来对方的体谅和爱时，不妨勇敢地面对现实，他就是没那么爱你，或者根本没能力爱你。记住，任何时候，爱别人都不要胜过爱自己。倘若你踏入这个泥塘，祝你能全身而退，自信且强大，找到真正爱你的那个人。

不甘做备胎，
又不敢做恋人

对有些人来说，朋友真是一种令人矛盾的关系，因为朋友的身份杜绝了两人向爱情发展的可能，可它又提供了一个让自己待在对方身边的理由。他们不甘心做备胎，又不敢做恋人，所以只能做朋友。

你有没有发现，少年时的恋爱轰轰烈烈，毫无保留；成年后的恋爱多了套路，多了权衡利弊，唯独少了点勇气，人人都爱留一手，喜欢却不敢说，后退又不甘心，最后只能让自己陷入进退两难的境地？

几年前，朋友阿政结婚，我们几个从小一起长大的伙伴都去了。新娘是阿政的同事，工作没多久就向他表白了。阿政是我们当中最早结婚的，那天大家都很兴奋，喝了很多酒，就连平时滴酒不沾的小娅也喝了很多，还非拉着阿政敬酒。其实大家都知道，小娅只是在借酒装酒脱而已。

小娅暗恋阿政十年，从高中就开始了。小娅无论喜欢什么，都会第一时间跟阿政分享，除了自己喜欢他这件事。小娅说阿政的偶像是周慧敏，自己的形象跟那样甜美的女神大相径庭，她怕一开口连朋友都没得做，所以这十年她一直守着这个秘密，直到阿政投入其他人的怀抱。值得一提的是，那个新娘一点都不像周慧敏，小娅悔不当初地跟我说："早知道是这样，我就开口了。"

可爱情里，哪有那么多早知道？有时候你明明心里装着对方，却只能假借朋友的身份来靠近他，生怕一不小心被他看出来。这种既想对方知道，又怕对方知道的胆怯心理，注定让你与爱情失之交臂。

我身边有很多和小娅一样的人，他们觉得如果爱没有说出口，就还有机会和对方培养感情，并且不说出口就不会被拒绝，不被拒绝就代表着有可能。但事实是，如果你不说出口，就永远没有站在他身边的可能。逃避没用，因为爱没有想象中那么复杂，它简单到一句"我爱你""我们在一起"就能表达心意。你一次次地犹豫，一遍遍地逃离，只会将原本触手可及的幸福越推越远。

试想一下，如果你主动表白被接受了，那么这份感情将会因为你的勇敢而镀上一层光，两个人的感情也将快速升温。如果你被拒绝了，也不是什么坏事，因为这是一个很好的筛选机制，当你发现对方没那么喜欢你时，你也能及时清醒，停止内耗。

网络上有种说法，叫"先开口的人就输了"。好像在一段感情里，谁先开口说爱你，谁的地位就更卑微。于是两个人在爱情里耍起了小心思，一个憋着不说，一个假装看不懂，两人因为那点毫无意义的自尊心，而丢失了本可以拥有的爱情。

看过这么一个故事，女孩喜欢男孩四年，收集了有关于他的一切，偷偷给他写过很多情书，只是这一切，女孩从不敢让男孩知道。若干年后，女孩和男孩早已奔向不同的城市，两人看起来再无交集，女孩却在自己的婚礼前夕收到了男孩寄来的礼物，是那次她不小心遗落的耳环。卡片上写着：我把青春耗在暗恋里，却不能和你在一起。

我们经常会在爱情里看到这种现象，就是两个人明明相爱，却都不敢率先开口，直到错过彼此，才感慨自己没有勇气。对于这种现象，我的建议是，无论是出于什么情况，一旦确定了爱，对方又是单身，就大胆地开口表白，无论结果如何，至少落得一身轻。

爱情当中要学会掌握主动权，就好像下棋的时候，只有当棋子掌握在自己手里时，才能做到步步为营，落子无悔。我愿把爱情比喻成种在心里的一粒种子，你不敢浇水，它便只能在心里慢慢枯萎。所以你应该试着拎一壶水，温柔地灌溉，若它开花结果，结局自然是皆大欢喜；若它中途衰败，结局不至于满是遗憾。

喜欢一个人，就应该具有不怕失去的勇气。电影《大鱼海棠》里曾出现过这样一段话："这短短的一生，我们最终都会失去。你不妨大胆一些，爱一个人，攀一座山，追一个梦。"如果你因为没有勇气而错过一个人，那么多年后再想起来，你一定会因曾经的胆小而后悔。喜欢就要开口，心动就去行动。我相信敢爱的你，将来必定能仗剑天涯，潇洒人间。

Chapter 7

爱的疗愈
——陪你一起走出黑夜

一段亲密关系里，你的价值不是在于
为对方做了多少，过度地纵容只会让
对方得寸进尺。学会尊重自己，别人
才会尊重你。

你的原生家庭里
藏着你的恋爱观

当我们还是孩童时，家庭就是我们的世界。年幼的我们尚不具备判断能力来面对世界、面对情感，因此我们会下意识地模仿和学习身边的人。我们的世界观、人生观、价值观都会受到原生家庭的直接影响，爱情观也是如此。换句话说，我们的原生家庭里就藏着我们的爱情观。

我有一个朋友，她父亲有家暴行为，总是酒后殴打她妈妈。她从小在妈妈的哭喊声中和父亲的拳头下长大，特别想带着妈妈逃离这个家，导致她不相信爱情，害怕男人。直到她遇到现在的老公，一个很温柔的、对她很好的男人。可即便如此，两人一遇到问题，她还是会下意识地想用暴力来解决。

而我这个朋友的老公，从小跟着爷爷奶奶长大，父母常年在外做生意，导致他极其渴望得到爱和关注。他害怕被抛弃，所以发生一点小事都会觉得不安，也变得更爱管控另一半。婚姻最糟糕的情况，无疑是双方都成了原生家庭问题的投射板，在不知不觉中把原生家庭的问题复制到这段关系里。就像我这位朋友，在她的原生家庭里，父母关系处于不对等的状态，她活在怨恨和恐惧里，也想象不出温馨和平的家庭模样。遇到问题她只会条件反射，回到她父母过去的相处状态。

坦白地说，原生家庭的影响不容小觑，想要完全摆脱是不太可能的。有人说："要完全脱离原生家庭，何止是进步，简直要进化才行。"但也并非无解，只要做到直视原生家庭带来的问题，把另一半摆在正确的位置，学会包容和理解，学会改变，就能在彼此的磨合中找到新的相处之道。值得一提的是，不同的家庭会养成不同的人格，而不同的人格在爱情里也会折射出不同的感情色彩。他们大致可以分为以下几类人格。

一、讨好型人格

在普遍教育中，奖惩教育最常见。一般拥有讨好型人格的人，从小会被灌输"要乖才会被喜欢，做不好要受罚"的思维模式。所谓"为你好"，很多时候就是需要你顺从和听话。在这种模式下，部分孩子会为了讨父母欢心，牺牲自己的利益。他们从小就学会察言观色，尽管时常感到压抑和疲惫，但依然会为了满足他人、迁就他人而忘记了自己的底线。

讨好型人格在爱情里总是以输出为主。他们会在爱情中极力满足对方的一切需求，以此来换得对方的爱。比如他们会觉得一本售价五十元的书很贵，但如果伴侣想看，他们会毫不犹豫地买下这本书。

比起两性关系的调和，这种人更应该先学会解放自己。诚实地面对自己的内心，拒绝不合理的需求。一段亲密关系里，你的价值不是在于为对方做了多少，过度地纵容只会让对方得寸进尺。学会尊重自己，别人才会尊重你。

二、恐惧型人格

恐惧型人格一般源于家庭环境紧绷混乱，可能是家暴或父母婚姻失败等，这种环境使他们为了"生存"学会隐忍。他们自我意识薄弱，懂得如何妥协和隐藏自我。长大后虽然适应能力强，但他们的内心时常充满不安感和焦虑，在爱情中患得患失。

恐惧型人格在亲密关系中总是觉得没有安全感。他们内心渴望被爱，愿意与别人建立亲密关系，但又总是害怕被抛弃，每次有点风吹草动就会成为惊弓之鸟。

面对这种情况，强化自我内心素质很重要。你要敢于面对爱情中一切未知的结果，并且坚信一切是最好的安排。

三、回避型人格

典型的回避型人格常见于亲密度低、需要自力更生的家庭。因为得到的相对比较少，所以他们的情感需求也会相对比较薄弱。他们更倾向于独处状态，面对情感会呈现疏离、冷漠的态度，当周围的人发出强烈的情绪波动时，反而会让他们不自在。

回避型人格一般在爱情里看起来是比较高冷的，其实他们的内心特别脆弱，只是因为害怕受伤，才会将自己伪装起来。这种人格的自救方式就是敞开心扉，试着去表达自己的情感诉求，接受他人给予的温暖，让爱来疗愈自己，也在这种自救中学会去爱。

四、依恋型人格

依恋型人格通常表现为过度敏感和缺乏安全感。成年后他们会将感情理想化，由此弥补在原生家庭中缺失的爱。这种人格的人疑心很重，也很敏感，他们能感知到最细微的情感变化。依恋型人格的爱与回避型人格是完全相反的类型。他们往往会对伴侣表现出狂热的爱，时刻想黏着对方，只有这样，才会让他们觉得自己不会被抛弃。

依恋型人格总会让人喘不过气。其实他们在折磨他人的同时，也是在折磨自己。拥有这种人格的人，可以试着让自己的神经放松下来，学着相信感情的美好，不能凭借自己的想象去伤害别人。

心理学家荣格说，一个人毕其一生的努力，就是在整合他自童年时代起就已形成的性格。很多人以为只要逃离家门，甚至切断联系，就能避免被影响。可无论怎么小心地避开，最后还是会变成自己父母的样子。我们无法摆脱原生家庭，只有当你学会与原生家庭的种种羁绊达成和解，那它在爱情中潜藏的危险也将不再对你构成威胁。

你相信爱情真的能
破镜重圆吗

这个世界上的痛苦有很多种，其中一种莫过于失去。对多数伴侣来说，刚走在一起的时候都怀着对未来永久关系的期盼，但不少人还是以分手告终。有人以优雅的句号迈向新的感情，开启另一段旅程；也有人留在原地，期盼可以重新来过。然而，在破镜能否重圆这件事上，很多人还是打了问号。也有一部分人坚定地认为，"如果是命中注定的两个人，就能找到重温旧梦的那条路"。当"破镜重圆"的心思涌上心头时，浮现在脑海里的第一个问题就是："我们还有复合的可能吗？"

多数人分手后悬着一颗心，就像在风中摇晃的秋千，有人任它风中来回，有人却无法立马死心，非要故人重新坐上秋千，从此七零八落的爱意才能重新变得完整。想知道两个人能否复合，最重要的是弄清楚两个人为什么分手。分手的本质无非是我们无法再被对方满足，或是对方无法满足我们。例如，异地恋导致的分手，是因为陪伴的需求无法被满足；因为争吵导致的分手，是因为快乐的需求无法被满足……如果我们仍想拾起过去，重新来过，就要先找到问题的源头，然后解决它。

小惠与男友恋爱两年多，男友是独子，从小被父母娇惯着长大。即使人到中年，男友还总是喜欢耍小性子，偶尔有点孩子气。小惠从小在一个重男轻女的家庭中长大，所以恋爱后的她，很希望在男友那里得到更多的关注和爱护。男友却像巨婴一样，只会索取，不懂付出，这也成了他们矛盾的根源。

两人分手的导火索是因为马桶堵了。小惠在外地出差，忙到夜里10点多才到酒店休息。刚坐下准备吃外卖，就收到了男友打来的视频通话。视频的另一头显示的不是男友，而是装满令人作呕的排泄物的马桶。原来半夜男友上厕所，不知道什么原因，马桶堵了。男友求救小惠，问她怎么办。小惠气得直接挂断了电话，外卖也被扔进了垃圾桶。

两天后小惠出差回到家中，打开马桶盖时，发现那一坨恶心的排泄物仍堵在那里。男友这几天借住在朋友家，连家都没回。小惠终于爆发了，和男友提了分手。

分开后的男友意识到，之前相处中的种种表现，都是因为太"自我"。于是男友痛定思痛，从头做起。在分开的这一年里，男友就像变了一个人，学会体谅家人，也变得更加有责任、有担当。小惠最终回心转意，两人又走到了一起。

破镜重圆后"爱的行动"也很重要，复合后能否维持关系的长久和稳定，主要取决于两人的努力。坦诚地沟通，有效地付出，不仅能够重新唤起两人的爱，更能够让失而复得的感情更加稳固。感情的好坏不在于两人是否经历过分手和复合这个过程，而是在遇到问题后能否及时地意识到并改正。有些分手可以通过及时沟通、及时修复来弥补；但是有些分手，不管你有多爱对方、多在乎对方，都不能考虑复合。以下几种分手原因，千万要注意。

第一种：一方突破了对方的行为底线，给对方造成了巨大的伤害。像家庭暴力，或者近几年来比较常见的精神绑架。在操控者病态的思想、疯狂的要求下，换来一次次非人的精神折磨，尊严与思想被对方无情地蹂躏与践踏。好的爱情是彼此滋养、共同成长的，那些只会在感情中消耗你的人，离得越远越好。

第二种：三观不合的人不建议复合。俗话说得好："话不投机半句多，道不同不相为谋。"人的性格可以通过时间慢慢磨合，但是三观不合的两个人哪怕相处一辈子，也没办法真正走进彼此的心。即使对方有着盛世美颜，如果彼此三观差异太大，你用不了多久就会厌倦，就会感觉度日如年。婚姻如同一条长河，而三观就是渡河的船，丈夫掌舵，妻子看路，讲究的是默契。三观不一致的人，即使复合，也会在其他事上因为观点不一致而争吵，不但收获不了幸福，还会给自己徒增烦恼。

有关爱情的想象，人们常常许愿可以一帆风顺，可是有些爱如同蜿蜒崎岖的山路，你要绕过好几道弯，稳住好几次方向盘，才能顺利到达目的地。如果在中途告别的人，你怀着一点不舍，带着一点怀念，如果你还想与他共赴一段更长远的未来，而且有信心与他一起抹平过去的裂痕，那就重圆吧！但是如果你在对方身上看不到一点点改变与进步，破镜是无法有效黏合的，重圆也只是重蹈覆辙。所以，想清楚，再复合，有希望，再坚持。

破镜重圆后的感情
如何维持

知乎数据显示，情侣之间，45% 的人都曾在分手之后找过前任复合，而在夫妻之间，40% 的人都曾在离婚之后有过复婚的打算。可是，情侣复合能走到最后的概率只有 3%，而剩下的 97% 都会选择再次分手。为什么？因为复合之前，两个人之间已经有了各种各样无法解决的矛盾，可能是性格不合，可能是三观不同，也有可能是有人背叛，所以两个人最后才会选择分道扬镳。

复合对任何一对情侣来说，都是一场持久战，并不是嘴上说了和好，心中受到的创伤就能得到愈合，这一定是需要双方花费很多时间和耐心去解决的。在我看来，复合这件事本身没有太大的难度，只要两人之间还存在某种吸引力，即使是天涯相隔，两两相望，也会循着爱情的气息，再次走到一起。

复合真正有难度的地方，在于两个人复合之后如何相处，以及如何做好感情修复。就好比一张纸揉皱了，即使摊开，也会有纹路，那么如何让这些纹路看起来自然又不影响心情，就是一门恋爱的艺术了。据我多年经验，复合之后维持感情的秘诀，主要有三步：沟通 - 解决 - 自我赋能。

第一步：敞开心扉，好好沟通

如果你问那些拥有复合经验的情侣，复合前和复合后的关系有什么不同，他们一定会告诉你，复合之后两人的关系就好像在走钢索，走过去了就是康庄大道，走不过去就是万丈悬崖，不稳定性极高。

这是因为，在两性关系中，有一种思维叫作"受害者思维"，就是说，在遇到任何情感问题的时候，都习惯性地站在受害者的位置去思考问题，并且认为自己的所作所为都是由对方造成的。

这种思维在复合之后尤为明显，主要原因有两点：一是之前被对方伤害过，容易把自己代入"受害者"的角色，无法理性地看待对方的问题；二是出于发泄心理，想要借助某个矛盾，强烈谴责对方过去的行为。

一段感情出现问题，绝对不是一方的责任。比起不间断地指责对方，消耗感情，不如想想怎么沟通，把自己内心真实的情感需求告诉对方。两人可以选择在某个时间进行一次以心换心的长谈，抛弃受害者思维，先找到自己身上的问题，再以理性的眼光去看待对方身上的不足。

第二步：解决问题，一起成长

有些人复合之后，为了避免重蹈覆辙，往往会对过去的一些矛盾选择视而不见。心理学上称之为逃避心理，即现实生活中，面对矛盾冲突或者不愉快的事物，会下意识地选择躲避，而不是直面矛盾的一种心理现象。

但逃避矛盾不等于矛盾不存在。多数情侣复合后再次分开，大都是因为历史遗留问题没有得到妥善解决。譬如，你们的相处模式不对，或者你们之间的信任感崩塌，那么复合之后，是不是得想办法把这些曾经阻碍你们继续相爱的事物给好好清理一下呢？相处模式不对，那就重新调整；信任崩塌，那就重新建立感情基石。

你们曾经分手的理由，不会随着时间的流逝而慢慢消失，它就像埋藏在心里的一颗定时炸弹，没有爆炸是因为时间没到。情侣复合之后，想要长久地维持下去，一定要解决曾经导致你们分手的矛盾，对症下药，才能好得快，积极治愈，才能不复发。

第三步：自我赋能，重新开始

感情中有个说法叫"破镜不能重圆"。多数人认为碎掉后的镜子，即使重新拼凑完整，其裂痕依然存在。正因如此，太纠结于这些裂痕的人，就会忘记复合的初心。复合是为了重新开始，而不是斤斤计较。

听过这样一个故事，有一户专门收陶瓷的人家，收集了各种各样的陶瓷花瓶。可是有一天，主人最喜欢的一对陶瓷花瓶碎了一道，于是吩咐下人将这对有瑕疵的花瓶扔到屋外。恰好此时有个手艺人路过，就拾起了这对花瓶，回家后进行修补，填裂痕，描花纹，一番操作之后，陶瓷花瓶甚至比之前更加美观。

一日，手艺人拿着这对陶瓷花瓶上街去卖，被之前的花瓶主人相中。主人大手一挥，用了之前两倍的价格买下了这对花瓶，殊不知这对花瓶正是之前被他抛弃的那一对。

这个故事想要说的是，当你很喜欢一样东西或者一个人的时候，再次相见还是会喜欢。如果你因为裂痕而轻易放弃某样东西，实际上是不值得的，裂痕可以遮盖，花瓶可以翻新，当一切问题得到解决的时候，说不定你要付出更多的代价，才能换回曾经轻易放弃的东西。

我认为复合之后最好的状态，是两个人已经妥善解决了过去的矛

盾，并且已经达成共识向前看了。你们可以忘记之前的裂痕，一起讨论
对未来的规划，一起成为全新的、更好的自己，就像修补之后的花瓶。
这样等你们再次坠入爱河的时候，就相当于开启了一段新的恋情。选择
复合的两个人，一定是因为心中有爱，放不下彼此。所以在复合之后，
我们需要做的是彼此治愈，解决问题，而不是望着裂痕，重蹈覆辙。

选择爱情还是面包，
答案其实很简单

在畅想恋爱关系的时候，身边的女同事总爱假设性地问出这样一个问题："爱情和面包，你选哪一个？"没有感情经历的女性，会毫不犹豫地回答："选择爱情。"而有感情经历的女性，则会语重心长地建议："选择面包。"

爱情和面包，一直是人们在感情生活中争论不休的话题，两者常常被放在对立面，就好比鱼与熊掌不可兼得，爱情和面包也只能择其一。

这让我想起多年前接触的一个案例，胡安。出身贫苦家庭的胡安，小时候见得最多的场景，便是父母为了几两碎银，日日吵得不可开交。母亲常常挂在嘴边的话是："我真后悔嫁给你。"而父亲则是沉重地叹一口气，抱怨起这磨人的婚姻。

胡安一直觉得自己的父母之间是没有爱情的，直到高中毕业前夕，胡安无意间翻到了父母早期的书信往来，母亲会娇嗔地对父亲喊话，"希望你能早日娶我"，而父亲的回信也是三句不离我爱你，七句不离我想你。原以为，爱情与爱情的相遇，碰撞出来的会是绚烂的火花，不承想，当爱情撞上现实，一点柴米油盐的小事，就能将炙热浓烈的爱情搅得天翻地覆。

人们常说，有情不能饮水饱，胡安算是对这句话深有体会。长大后的胡安一心想要嫁给有钱人，因为在胡安看来，对方能买得起房，买得起车，给她花不完的零花钱，这就是爱情。可当如愿嫁给开发商，过上所谓富太太的生活后，胡安才发现，金钱是代替不了爱情的。

虽然平日里对方可以给她任何物质上的需求，但是当胡安想要一点陪伴、一个拥抱，甚至只是一句温柔的关怀的时候，对方的缺席，总让胡安怀疑自己是否真的拥有了一段爱情。

在我看来，现代人将爱情和面包的界限划分得太绝对了，其实爱情和面包从来都不是对立关系，两者是共同存在的。没有面包的爱情，就好像没有加油站的汽车，当仅有的车油耗尽，车子便无法向前继续行驶；而没有爱情的生活，就好像失去养分的土壤，虽然上面种满鲜花，可是鲜花凋零的速度异常吓人。

过去常常有人问我，如果自己很爱对方，而对方没有钱该怎么办？我想这个问题，也就是爱情和面包应该如何抉择的问题。说实话，爱情和面包从来都不是固定的，它会随着时间的流逝而产生一定的变化，可能上一秒你爱上了一个穷小子，下一秒他就摇身一变成了富豪。

爱情当然是开始一段关系的基础，但是面包是不是立马就会拥有的东西呢？答案是不确定的。

我认为每个纠结于爱情和面包的人，都需要这样去考虑：如果你跟一个人在一起感到很舒服，并且对方能够给你带来正向的能量，这只能说明你迈准了选对人的第一步，但是接下来你还要看对方创造面包的能力，持续创造面包的能力，幸福生活的能力，以及给予你幸福生活的能力。

假设对方具备这些能力，但是在短时间内无法达成，那么你可以在爱情的基础上，给予对方时间去做充分的准备。

　　假设对方不具备这些能力，那么即使你非常非常喜欢对方，也要意识到爱情虽然经得起风吹雨打，但经不起狂风巨浪，在面临生活的种种考验的时候，爱情不是无坚不摧的避难所。

　　选择爱情还是面包，答案很简单，两者各有用途，缺一不可。爱情是两个人共同奋斗的基础，而面包则是支撑爱情走得更加长远的秘籍。生活单有爱，或者单有面包，都是不够的，它们就像人的左右手，需要通力合作，才能弹奏出美妙的幸福和弦。

　　正如美国作家卡伦·霍尼在《婚姻心理学》里写的："在爱情里，不能因为感情需求太过盲目，也不能因为物质需求而太过现实，要知道，幸福美满的生活来自这两者的平衡。钱不能代替爱情，爱情也无法代替金钱。爱情加面包，才是完美的生活。"

女人撒娇，
是温柔的武器

　　没有男人能抵住女人的撒娇，撒娇是女人最温柔的武器。看似柔弱，实则杀人于无形，颇有四两拨千斤之势。撒娇是女人与生俱来的本能，小时候把脸埋在父亲的大肚腩上，或者摸摸爷爷的胡须，奶声奶气地撒个娇、卖个萌，想要的零食和玩具便轻而易举地到手了。

　　可随着女孩们长大，越来越多的女性开始对"撒娇"这件事产生排斥感。她们片面地认为撒娇应该是"绿茶婊"的专属，像自己这样的独立女性，凭什么要靠撒娇来取悦男人？当然，这种独立女性的态度我很欣赏，但不管你事业上有多强势，生活中有多独立，在感情中该示弱的时候还是得示弱。

　　情感上温柔体贴和事业上独立自强并不冲突。而且不要觉得撒娇就是为了取悦男人，这只是通过一种示弱的手段拉近彼此的距离，让男人有被需要的感觉罢了。毕竟，被需要才是爱情里最好的黏合剂。

　　心理学上有一条规律："有时并不是你去帮助别人他才喜欢你，而是让他来帮助你而使他喜欢你。"这就是我们常说的"被需要"。

　　这几年"独立女性"似乎成了非常热门的标签。玉洁就是我认识的女性朋友中非常典型的独立女性代表。她事业有成、性格强势，私下里被很多同事称为"男人婆"。在很多人的刻板印象中，像玉洁这样的女人要么是母胎单身，要么就是早早离婚。但事实并非如此，玉洁结婚八年了，小女儿3岁，大儿子今年刚上小学，她和老公也非常恩爱。你很难想象一个在职场上雷厉风行的"男人婆"，在家里却换了一副模样。

两人在家看恐怖电影，出现吓人的情节，她会像小姑娘一样，钻到老公怀里求安慰；老公做饭时，她会悄悄地在身后抱住他，娇柔地说上一句"老公辛苦啦！"；当老公解决完家里的各种小麻烦时，她会娇滴滴地夸赞对方："还好有你在，老公你真棒！"

玉洁说："现代女性最理想的状态应该是爱情、事业两手抓。事业上你可以很独立，但感情上该依赖的时候依赖，该撒娇的时候撒娇，别总把自己搞得像个金刚芭比一样。男人其实很简单，他们就是喜欢被需要的感觉。如果你什么都能自己做，什么事情都能自己扛，男人会觉得，在你那里他就是个可有可无的人。明明对付男人只要用眼泪和撒娇就能解决，你非要跟他摆事实讲道理，这不是得不偿失吗？"

像玉洁这样会撒娇的女人，可以让男人立刻缴械投降。可有些女生，却把撒娇变成了作。正确的撒娇应该是怎样的呢？

首先要做到的就是：诱人而不缠人。

很多女孩子一旦爱上对方，恨不得天天缠着他。男生焦头烂额地写报告的时候，她非要对方停下工作陪她。爱一个人不要太过用力，谈恋爱不要太过黏人，这样只会让他觉得压力过大，即使再爱你，也会因为你的黏人而厌烦你。对男人而言，吸引永远比纠缠重要，通过展现自己的魅力吸引他，才能让他不自觉地离不开你。

其次要做的就是：掌握好分寸。

撒娇是一门学问，要把握好度、掌握好时机，还得见好就收。一旦掌握不好尺度，退一步就是撒野，进一步便是撒泼。女人也不要妄想通过撒娇的方式逼迫男人做出承诺，这样只会导致男人越来越厌倦你，甚至想要逃离你。彼此间相互尊重、体贴，才能让你们的爱情升温，让男人更爱你、更宠你。

最后，也是最重要的一点就是：撒娇要有自信。

撒娇前，一定要坚信自己是被爱的，千万不要觉得不好意思。很多女孩觉得，撒娇是属于长相甜美的女生的特权。如果自己人高马大，或者是女汉子性格，撒娇的时候会不会让男人生厌？我想说当然不会，像玉洁那样平时工作中"男人婆"性格的女人，撒起娇来反而让人觉得惊喜。

就好比一个脱口秀演员，他说一个很搞笑的笑话你觉得没什么，因为他就是干这个的；但如果他是一个歌手，说了一个很好笑的段子，你是不是更惊喜呢？所以，对于撒娇这件事没什么可难为情的，它是所有想要追求爱情的女生不可或缺的武器。

所以，千万不要说自己不会撒娇，情到深处时，一切都是水到渠成。

Chapter 8

爱的平衡
——我想和你走下去

恋爱力不是每个人与生俱来的能力，而是在长期的实践与学习中，慢慢成长为一个懂爱的人。

婚前同居，
是甜蜜还是玩火

越开放的社会，人们越渴求更多元化的亲密关系，两人确定关系后除了约会、牵手、亲吻，他们也希望通过同居的方式来增强彼此的亲密感，让关系更加深入地发展。

同居表面上的意义很容易理解，就是两个人搬到一起，由两条被子变成一条被子，由一双筷子变成两双筷子。可同居深层次的含义是，两个人是否能够接纳彼此最糟糕的一面，是否能够约束自己，完全投入这段关系，进而步入婚姻。关于是否同居，人们总是试图在别人的经验中寻求答案，但同居的意义对不同的人来说是不一样的。

大雄对前女友筱慧一见钟情，便主动要了对方的联系方式，没在一起的时候，大雄觉得筱慧就是自己心中的女神，大雄花了三个多月才追到筱慧，两人谈了两个多月的时候便决定同居。可是谁想到，两人同居不到四个月就分手了，原因是大雄觉得筱慧人前人后反差太大了。筱慧外表光鲜亮丽，可是生活中邋邋遢遢得不行，筱慧在大雄心里跌落神坛。

像大雄和筱慧这样的同居，是在彼此还没有足够了解的情况下，出于某些现实意义，例如经济共享，而住到一起。首先，两人可以省去外出吃饭的钱；其次，房租可以减半；再次，满足彼此的生理需求。但他们不知道，婚姻追求的是稳定，恋爱追求的是完美。在彼此还不够了解的情况下，过早地在对方面前暴露缺点不是什么好事。因为你还没准备好用婚姻的态度去包容对方，这样只会让两人丧失对彼此的新鲜感，矛盾爆发，最终不欢而散。

在此我想告诉那些纠结要不要同居的情侣，尤其是女生：同居可以，但是千万不要为了省房租或满足对方的需求而选择同居，贪小便宜只会让你吃大亏。

虹姐是我认识多年的老友，当时她和前任已经订婚，但疫情导致两人无法举行婚礼。由于婚房已经装修好了，虹姐就跟前任先搬了进去，本来以为只是提前过过婚后生活，感受下婚后的甜蜜，结果两人因为同居分手了。

原因是他们彼此的生活习惯相差甚远：虹姐习惯早睡早起，而前任总是熬夜，早上前任的闹钟从7点半开始响，5分钟一个，他要等到8点才会起，虹姐差点被搞得神经衰弱。洗衣服的时候，前任总是把所有衣服塞一桶洗，虹姐多次要求他分开，前任却说虹姐多事……爱情最容易被生活中的小事打败。两人开始谁也不让谁，争吵也越来越多，最后决定和平分手。虹姐说，现在回想起来，真的很庆幸两人婚前同居试婚，否则自己就不是分手，而是离婚了。

对虹姐和前任来说，因为彼此已经有结婚计划了，同居就好比婚前"试驾"，两人能不能盖同一条被子，能不能吹同一个空调，能不能睡好、吃好，便成了他们检验爱情的一把尺子。如果能够和谐相处，自然可以顺利地进入下一段亲密关系；如果彼此无法忍受，那还是趁早收场好。所以，这样的同居意义对两人来说，是非常有必要的。

当然，有人同居一拍两散，自然也有人甜蜜收场，由同居顺利步入婚姻。是否选择同居，还要看自己的实际情况。在同居关系里，一定会因为生活习惯和家庭观念等问题，产生恋爱阶段不会触及的矛盾与问题。

所以，同居前两人一定要对同居这件事达成共识，做好向原来的生活告别，迎接新生活的准备。向原来的生活告别，意味着你要因为迁就对方，而改变自己多年的生活习惯，你们需要通过彼此磨合与妥协，形成一套新的生活方式。最重要的是，你要问自己，是否做好了发现对方缺点的心理准备。如果说恋爱是找一个情投意合的人彼此滋养，那么婚前同居更多的是为了检验你们能否不离不弃，只有在直面对方的缺点后，仍愿与他携手走完人生的酸甜苦辣，才有可能开启一段良性的同居关系。

最后，关于同居和婚前同居，很多姑娘都还傻傻分不清楚。彼此情感稳定，双方家庭知晓并有结婚的打算，才是婚前同居。如果不是婚前同居，你可要做好男方可能不会负责，或者没有未来结婚打算的风险。关于要不要同居这件事，千万不要被老旧的传统观念束缚，如果你一味地回避可能存在的问题，它只会在婚后加倍偿还于你。

鲜为人知的
爱情保鲜笔记

身边从事情感行业的朋友，经常会以敏锐的语气对我说："感觉现代人的恋爱周期变短了。"许多年轻人从认识到分手，不过短短几个月就走完了爱情的全过程，并且彻底丧失了"将爱情进行到底"的决心。

之前很流行一句话："所以爱是会消失的对不对？"与其说是爱情消失了，不如说是新鲜感消失了。不知道大家有没有听说过，在感情世界里，存在一个迷人又危险的游戏，叫作狩猎游戏，就是说，男女双方在恋爱过程中，通常会扮演不同的角色。男人的主动与果敢，使得他们更倾向于扮演"猎人"；而女人由于大多数时间比较被动，更倾向于扮演"猎物"。

爱情狩猎游戏有一个特点，那就是猎人在追寻猎物的过程中，往往比较兴奋，尤其是在与猎物的周旋过程中，那种"求而不得"的欲望会反复地在心头抓挠，于是他们愿意花费时间与精力，与猎物慢慢地玩一场"你追我赶"的游戏。而这个游戏的危险在于，猎物一旦把握不好与猎人之间的距离，猎人随时可能因为没有成就感而离开。

狩猎游戏的失败，通常来自一方的厌倦心理，当对方习惯了你的存在，并且不能从你身上获取更多的情感体验的时候，他们就会重新燃起爱情里的"狩猎本能"，即瞄准更新鲜的猎物，通过新一轮的追求与刺激，搅活爱情里的一潭死水。可问题在于，即使换了新的"猎物"，猎人还是会有感到厌倦的时刻，这样的狩猎游戏，结局往往是：猎人捕猎到最后，发现自己一无所有，而猎物绕了一大圈，已经没有精力进行下一轮游戏。

掌握狩猎游戏的秘诀在于，猎物要学会不断地调控与猎人之间的距离，即女性要懂得灵活运用各种小技巧，去不断维持恋爱中的新鲜感，最有效的三点是：保持神秘感、距离感和自由度。

一、保持神秘感，激起对方的好奇心

有些女性在恋爱之后，恨不得把自己的全部喜好、故事一股脑地告诉对方，但这样做的缺点在于，对方可以轻而易举地了解你的全部。你想，本来恋爱是一点一点喂食的过程，可你突然之间把全部的食物都塞给了对方，那么接下来，对方也就不再好奇你还有多少食物了。

过去的武侠剧里，经常会有蒙着面纱的女主角出现，仅仅是擦肩而过，就让男主角念念不忘。因为男主角迷恋的，是女主角身上携带的那种神秘感，他会好奇女主角面纱之下的容颜，继而在心里留下"揭下对方面纱"的执念。在《神雕侠侣》里面，郭靖的小女儿郭襄就曾追着杨过，只为一睹面具之下的风采。虽然郭襄不是男性角色，但这也恰好说明，神秘感对男女而言，都是存在吸引力的。

神秘感，就像蒙在人身上的一层纱，你要让对方隐约能看清你的全貌，但实际上又不能完全看清，这样对方才会一直对你充满幻想。

二、保持距离感，留给对方想象的空间

距离产生美这句话并不是空穴来风，当一个人见不到你，你就是落

在他心头的一颗相思豆；而当你们每天腻在一起，即使你是天外飞仙，他也难免会感到厌倦。

恋爱中，适度的距离会带来适度的想象，就好比寒冷冬日里的两只刺猬，当它们凝视彼此的时候，会觉得拥抱可以取暖；可当它们抱在一起的时候，才发现对方身上的刺早已将自己扎得鲜血淋漓。那么刺猬该怎么办呢？它们应该调整姿势，适当地拉开一些距离，这样才能做到既取暖，又不刺伤对方。你想象对方是一床棉被，那么对方就是一床棉被，不一定要盖在身上才能暖和，心里的暖，也能抵挡冬日的寒冷。

当然，这里所指的距离，不是指心与心之间的距离，而是在恰当的时机，与对方在空间上稍稍拉开一些距离，让对方始终能够仰望着你，想象着有关你的一切。

三、保持自由度，勾起对方的征服欲望

许多人，一旦陷入爱情，就会变成对方的傀儡，无论对方说什么，自己都会不由自主地给出顺从的回答。实际上，太过顺从的女性会减少男性的征服欲，因为男性觉得你太好掌控了，所以他们不会再花更多的精力去稳定你的状态。

想要恋爱关系变得平等，就要学会适当的拒绝，面对对方的请求和意见，要先从自身的感受出发，在不违背自身意愿的情况下，你才可以选择答应对方。如果对方的请求让你觉得没那么舒服，或者你觉得自己不那么想做，大胆拒绝并不是一件坏事。反而那个懂得拒绝的你，会让对方更加深刻地感受到你的立场和态度，也更能让对方明白，你首先是一个独立的个体，是一个自由的存在，其次你才是他心心相印的伴侣。

狩猎游戏中的高端猎人，往往是以猎物的身份出现的。这也就意味

着，女性实际上在爱情里的操纵权远远超乎想象，只要女性足够聪明，完全可以吸引猎人跟着自己的脚步往前走。

　　爱情中的新鲜感会消失，但是也可以被源源不断地创造，关键在于你想不想创造，或者你有没有办法创造。看完这篇文章，我相信你一定会有所启发，期待你的爱情，永远热烈，永远新鲜，永远值得庆祝。

拥有爱人的能力，
是对自己最大的滋养

　　每个人在谈恋爱之前，对伴侣都是宽容大度的，但谈恋爱之后，随着对伴侣占有欲的增强，你们之间总在不停地较量。吵架的时候，希望第一个低头的是对方；过节的时候，希望第一个送礼物的是对方；就连平常发朋友圈这种小事，你们都会计较谁秀恩爱的次数比较多。

　　许多情侣习惯于通过这种互相较量的方式，来判断自己是不是被爱。但是在一段亲密关系中，爱不仅是靠对方的投入与付出就可以长久维持的。三毛说："人活在世界上，最重要的是有爱人的能力，而不是被爱。"

　　心理学中有一个词叫"恋爱力"，指在亲密关系发展的各个方面都能够灵活处理的能力。我遇到不少这样的案例：一些优质的单身男女，他们迟迟没有恋爱，不是因为没颜、没钱或没房，而是因为他们缺少一种爱人的能力。

　　吕文是一家上市公司的高管，生意场上如鱼得水，情场上却不尽如人意。吕文找到我的时候，第一句话是："邓老师，我觉得自己好像失去了爱人的能力。"一般当一个人说出这句话的时候，就证明他有两个方面的倾向，一是不够自信，不相信自己能够拥有一段美好的恋情；二是难以与他人产生共鸣，即你没办法走进别人的内心，也没办法让别人走进你的内心。

吕文是典型的缺乏恋爱力的女生代表。她曾试着去投入一段感情，但因为对方总是延迟回复信息，吕文常常因此而变得暴躁、多疑，两人之间爆发争吵的频率由一周一次，变成了一天一次，最后这段恋情以失败告终。也就是那时候，吕文开始正视自己的恋爱能力，她自认为是一个憧憬爱情的人，但是不善经营与不善管理，让她的爱情如梦幻泡影，转瞬即逝。

恋爱力不是每个人与生俱来的能力，而是在长期的实践与学习中，慢慢成长为一个懂爱的人。心理学教授乔安妮·达利瓦（Joanne Daliva）将恋爱能力细分为三部分：洞察力、互相性与情绪管理。如果你准备开始一段恋情，或者正在维持一段恋情，可以试着从这三部分去增强自己的恋爱能力。

一、洞察力

在恋爱关系中，我们要明确自己的恋爱需求，以及对方的恋爱需求。观察对方的个性与特质，了解对方做一件事情的行为和动机。现在市面上有很多恋爱经验的分享，但不是每一种经验都适用于你的爱情。比如，市面上流传不回你信息的人就是不爱你的人，当然这样的概率是存在的，但还有另外一种可能是：他真的在忙。

想象一下，如果你的对象是一位经常上手术台的医生，这个时候你要他立刻回复你的信息，显然是不可能的，你能够说他不回信息就是不爱你吗？不能吧，因为他在救死扶伤，儿女情长只能暂时放到一边。所以，恋爱需要很强的洞察力，尝试着去理解彼此，分析彼此。谈恋爱要学会量体裁衣，而不是盲目跟风。

二、互相性

在了解了自己和对方的需求后，两个人都要学会满足对方，遇到事情多站在对方的角度去思考问题，而不是"对方一定要为了我怎样怎样"。

许多人习惯以性别去划分恋爱角色，比如，在爆发矛盾的时候，男人就应该扮演"道歉者"的角色，而女人就应该扮演"被哄者"的角色。可根据研究发现，在遇到问题的时候，只有伴侣统一战线，感情才会更加牢固。也就是说，即使爆发矛盾，情侣也不要用对立者的角色去划分彼此，你们要时刻谨记，对方是自己恋爱道路上并肩作战的战友，你们的目标是一起消灭问题，而不是把问题推给对方。恋爱不是让对方成为自己的奴仆，而是感受对方的感受，体会对方的体会。

三、情绪管理

最后也是最重要的一点，恋爱需要提高自己的情绪管理能力。当你在恋爱中情绪上头想要发泄的时候，先想想自己这样做可能带来的后果，并给自己留下 6 秒钟的冷静时间。

因为心理学家发现，任何事情发生后，人的大脑边缘系统会第一时间产生情绪反应，如恐惧、愤怒、喜悦等，大约 6 秒之后，大脑皮层才能做出认知处理。6 秒钟之前，你可能在情绪的牵引下做出错误的决定，而 6 秒钟之后，你才可能在理智的牵引下做出正确的决策。学会情绪管理，既是对自己情绪的一种负责，也是对伴侣情绪的一种保护。

没有人天生就是恋爱高手，我们都是在爱情中慢慢进步，最后成为更好的自己。或许这世上不存在一帆风顺的恋爱，但只要灵活运用这些提高恋爱能力的小技巧，你就能成为一名合格的掌舵手，即使再狂野的风浪，也阻止不了你继续航行的决心。

不管过去有多糟，
总有人偷偷治愈你

　　有人说，爱是治愈孤独的良药，一吻见效。也有人说，爱是摧毁快乐的毒药，一饮失魂。有人被疼过一次，此生无怨无悔；有人被伤过一次，终身不敢再爱。

　　心理学上有种说法叫"恋爱恐惧症"，即对恋爱出现恐惧心理，进入可以恋爱的年龄却不敢恋爱，从而影响了自己的感情生活。恋爱恐惧症的出现，往往跟一个人的经历有关，可能是你遭遇过一段痛心疾首的爱情，可能是你的原生家庭给你树立了不好的爱情范本，也有可能是你从别人的嘴里或者故事里，曲解了爱情本来的样子。

　　恋爱原本是一件快乐的事，但当它在一个人的心中造成了恐惧，甚至出现了逃避的感觉时，最好的办法就是用爱去治愈爱。爱情的构成，从来都不只那些痛苦不堪的记忆，还有千回百转后撞上的温柔。有人把你扔进黑暗，就会有人带你走向光明。你要明白，不管过去多糟，总会有人偷偷治愈你。

　　杨冰是我的一位咨询者，她最初找到我时，刚刚和男友分手。杨冰和男友恋爱五年，中间分分合合很多次，最后一次分手是因为男友动手打了她。杨冰的右眼被打得出现瘀青，嘴角也被缝了三针。其实这并不是杨冰第一次被打，只是这一次杨冰终于下定决心，离开了这个渣男。

　　再次见到杨冰是两年后，她带着未婚夫找到我，只是这一次不是为了咨询，而是送给我结婚请柬。此时的杨冰，仿佛变了一个人，整个人神采奕奕，嘴角也始终带着笑容。杨冰说，自己和前男友刚分手的时候，对爱情早就心灰意冷了，曾经五年的感情，到头来却只留给自己一身伤疤，她觉得自己这辈子都不会遇到所谓真爱了。直到未婚夫的出现，她才改变了自己的想法，曾经在感情里留下的伤也慢慢地得到了治愈。她开始放下戒备，接受了眼前这个对自己无微不至的男人。

　　世人都说："斯人若彩虹，遇上方知有。"一个好的男人，可以治愈人生中一大半的痛苦。我想杨冰就是如此，即使上一段感情把她弄得遍体鳞伤，她的未婚夫却用深情的爱治愈了她的内心。

　　爱情里的伤痛，谁都没有办法衡量究竟需要几个疗程，吃几颗药，才可以让一个人完全治愈。但是如果你的生活因为一个人，从灰暗变得明朗，从绝望走向希望，那一定是这个人用爱疗愈了你的伤痛。正如《亲密关系》中所说："你的亲密关系伴侣，都是用来帮助你更加认识自己，进而疗愈你的创伤，最终找回真正的自己，因此，它是通往我们灵魂的桥梁。"

　　虽然在相遇前，你遭受了很多不好的经历，你因被辜负而变得多疑，因被伤害而变得敏感，但他会带你穿越时空，回到那个曾经让你受伤的瞬间，然后打退那个多年纠缠你的心魔。而那些由过去不好的经历所带来的无法说出口的委屈和无助，也会因为这个人而消失殆尽。最终你因这个人的爱，与自己的过去达成和解，重新爱上这个世界。

　　可能有的人会说，自己长久以来都是孤身一人，所有的苦都是自己吃，所有的累都是自己扛，所以感受不到爱，只感受到世界的冷漠。其实感受不到爱很正常，因为这个时代节奏太快，世事太杂，人人都把自己活成了一座孤岛，因此缺少发现爱的眼睛，而忽略了别人的温暖。可能在你看不到的角落，有人正努力着把这座孤岛变成温暖的聚集地。

不要因为一时看不到，或感受不到那份爱，就质疑它的存在。一定会有人用自己的方式，偷偷地爱着你，一点一点地治愈你。这个世界上，本来就有一万零一种"爱你"的方式，只是有的人行为低调，有的人表现明显而已。别让负面情绪影响你，导致你对幸福的定义产生误判。

聪明的人，始终都会坚信，无论自己是光鲜漂亮，还是满身泥泞，一定有人偷偷地爱着自己，并默默地在背后为自己疗伤，就算暂时还未察觉到他的存在，也会心怀笃定，勇敢地、充满希望地等待。因为总有一天，他会出现在自己面前，然后两人携手走向幸福的未来。

遇见爱，遇见
更好的自己

知乎上有人问："最理想的婚姻是什么？"最高赞的回答是："山河远阔，人间烟火，无一是你，无一不是你。"人海茫茫，爱上一个人可能是四目相对的一瞬间，携手共度余生却需要经历一生的考验。衡量一份爱情的唯一标准，就是两个人在一起后有没有变得更好。

物理学中有一种现象叫作同频共振，它指的是两处频率相同的声波碰到一起时，就会汇聚成更强的声波振荡，产生"1+1 > 2"的现象。在爱情里，人们经常会引用同频共振来形容一段成熟的恋情。特指当两个人的言论三观、行为意识、进阶步伐高度一致时，就会产生灵魂深处及情感上的共鸣。两人因同频共振，达到一个叠加的幸福效果，这也就是我们常说的灵魂伴侣。

有个叫老王的会员跟我分享过他的爱情故事。老王读书时，迷上了隔壁班的一个女生。老王为了迎合她，打破一贯好学生的标签，陪她旷课、喝酒、打游戏，成绩下滑得厉害不说，还为了女生打架而被学校通报批评。对此老王满不在乎，在他年少气盛的岁月里，爱情就是他的世界。后来老王还是被甩了，他还因此失魂落魄了好长一段时间。

老王说年轻的时候不懂事，以为爱情就是牺牲小我，直到遇到现任妻子，才恍然发觉，爱是从容，不是舍命。老王和现任妻子都爱看书，不同的是老王爱看时政经济，而她喜欢文艺散文。他们每天睡前都会腾出一点时间，沉浸在自己的小世界里，偶尔还会交流一下。

老王爱运动，妻子爱旅行，一到休息日，他们就会出门骑自行车，打卡周边景点。他们自律且热爱生活，并时刻督促着对方成为更好的人。老王鼓励妻子积极参加公司的内部晋升评比，而妻子也会在老王的生意出问题时，努力帮他疏通关系、筹集资金。

《少有人走的路》一书中说："真正的爱，需要投入和贡献，需要付出全部的智慧和力量。"老王之前为了那个女孩变得堕落，如今因为妻子，迈向成功。有没有爱对一个人，就看两个人在一起有没有变得更好。因为健康的爱情本就自带成长属性。在爱的催化下，彼此都会为了对方不断地完善和提升自我，努力让自己具备让对方幸福的能力。齐头并进的感情才能历久弥坚。爱情的保鲜剂不是时刻腻歪在一起，而是你们两人互相听得懂，想得出，做得到。

在一段亲密的两性关系中，最怕的就是一个人往前走，一个人却原地不动。很多人结婚后成为家庭主妇（煮夫），就会因家庭琐事而停滞不前，这直接导致了两性关系的失衡，两个人的差距会越来越大，最终因为思想不同频，连正常对话都成为一种奢侈，感情也由此变得岌岌可危。

电视剧《我的前半生》中有这样一句台词："两个人在一起，进步快的那个人，总会甩掉那个原地踏步的人，因为人的本能，都是希望能够更多地探求生命、生活的外延和内涵。"所以维持一段感情并不容易，它需要两个人同步发展，才能够走得更长远。当你们站在同一高度，拥有相同的思考能力时，才能更平等地去恋爱。而当你们在情感中感受到另一半的积极上进且充满希望的力量时，那其实也是自身的特质在对方身上的映射。

反过来说，总有人把自己爱错人、拥有一段不幸的婚姻的问题归因于自己没有遇到优秀的人。纵观我身边那些真正优秀的人，他们在选择另一半的时候，在乎的往往不是对方的年龄、长相、社会地位或经济基础等；他们选择的都是和自己价值观一致，能看到未来，共同成长的人。因为他们是为爱变得优秀，而不是因为优秀才得到爱。

爱对人，就能通过对方看到整个世界。而爱错人，即便为对方舍弃整个世界也无果。只有相亲相爱的两个人，和志同道合的两颗心，才有可能生出共同的信念，成为爱情路上的大赢家。

我一直认为，爱情里最好的状态，是两个人在磨合中如齿轮一样找到契合之道，既能互相欣赏，也能各自成长，在互相欣赏中，成就彼此；在各自成长中，携手共进。就像杨澜所说的，婚姻的纽带，是关于精神世界的共同成长。希望有一天，你能遇见爱，遇见更好的自己。

结 语

遇见一个人，陪你度余生

爱于生活而言，是养分，是滋润，是呼吸。它在某个不经意的瞬间，像一阵微风一样袭来，吹过我们的发梢，拂过我们的肩头，然后让人心头一痒，脸颊发红，我们不知道该如何形容那种感觉，但那就是爱情。

爱情很奇妙，在遇见一个人之前，你想象他会很高，想象她会很美，你为对方设立了种种要求。但真正遇见爱情时，即使对方有一些小脾气、小缺点，在你看来都很可爱，你愿意为了对方打破规则，愿带着对方共同进步。有一句话说："我们不是因为对方完美才去恋爱，而是因为恋爱才会变得完美。"

爱情始于第一眼的心动，但长久于两个人的经营。在朝朝暮暮的相处之中，两个人总会因为性格、习惯、行为的不同，产生各种各样的摩擦，也会因为自卑、摇摆、猜忌等问题，陷入各种各样的危机。倘若两个人没有从容应对的能力，自然也不会有携手到老的信心。

当然，世间没有天生的爱情大师，多数人都是在磕磕绊绊中摸索，在得到和失去中成长，因此，学会一点爱情的技巧是很有必要的。同频共振、相互赋能、尊重包容，这些都是需要我们在爱情中认真学习的课题。当你拥有了爱人的能力，才能被爱情更好地滋养；当你平衡了爱情的天平，才能够让幸福持久。

我问过许多咨询者，期盼什么样的爱情。他们的回答大都相似：少年时有人相依，老年时有人相伴。恋爱真的是非常美好的一件事，有人乐你所乐，忧你所忧，两个真爱的灵魂相遇，就像飘浮的尘埃突然间有了归处，从此四海八方都可为家。

我真心希望阅读本书的每一位朋友，都能对爱情抱有憧憬，学到一点关于爱的能力。在偌大的世间，愿你有去爱的勇气，也能有被爱的幸运，遇见一个人，陪你度余生。

图书在版编目（CIP）数据

别怕，去恋爱吧 / 邓达著 . -- 长沙：湖南文艺出版社，2022.3

ISBN 978-7-5404-9211-3

Ⅰ . ①别… Ⅱ . ①邓… Ⅲ . ①散文集－中国－当代 Ⅳ . ① I267

中国版本图书馆 CIP 数据核字（2022）第 031706 号

上架建议：励志·恋爱

BIE PA, QU LIAN'AI BA
别怕，去恋爱吧

作　　者：邓　达
出 版 人：曾赛丰
责任编辑：吕苗莉
监　　制：邢越超
策划编辑：余三三　郭妙霞
特约编辑：姚　玫　张　悦　杨晓欢
营销支持：文刀刀
装　　帧：潘雪琴
插画绘制：朱凌剑　谢逸欣
内文排版：百朗文化
出　　版：湖南文艺出版社
　　　　　（长沙市雨花区东二环一段 508 号　邮编：410014）
网　　址：www.hnwy.net
印　　刷：三河市中晟雅豪印务有限公司
经　　销：新华书店
开　　本：880mm × 1270mm　1/32
字　　数：181 千字
印　　张：7
版　　次：2022 年 3 月第 1 版
印　　次：2022 年 3 月第 1 次印刷
书　　号：ISBN 978-7-5404-9211-3
定　　价：68.00 元

若有质量问题，请致电质量监督电话：010-59096394
团购电话：010-59320018